锦 瑟 Inlaid Zither

J　S

汉人内心曾经拥有的那块温玉以及由外而内的那一阵风尘

影梅庵忆语

〔清〕冒 襄 / 著
龚静染 / 译注

重庆出版集团 重庆出版社

图书在版编目（CIP）数据

影梅庵忆语/（清）冒襄著；龚静染译注.—重庆：重庆出版社，2020.6
ISBN 978-7-229-15077-8

Ⅰ.①影… Ⅱ.①冒… ②龚… Ⅲ.①古典散文-散文集-中国-清代 Ⅳ.①I264.9

中国版本图书馆CIP数据核字（2020）第099043号

影梅庵忆语
YINGMEI AN YI YU
〔清〕冒襄 著　龚静染 译注

策 划 人：刘太亨
责任编辑：吴向阳　苏　丰
责任校对：杨　婧
封面设计：日日新
版式设计：冯晨宇
插　　图：江　蓝

重庆出版集团
重庆出版社　出版

重庆市南岸区南滨路162号1幢　邮编：400061
重庆市国丰印务有限责任公司印刷
重庆出版集团图书发行有限公司发行
全国新华书店经销

开本：787mm×1092mm　1/32　印张：5.5　字数：108千
2020年7月第1版　2020年7月第1次印刷
ISBN 978-7-229-15077-8
定价：48.00元

如有印装质量问题，请向本集团图书发行有限公司调换：023-61520678

版权所有　侵权必究

颠沛、恍惚、伤感的冒襄和他内心的那一缕暖阳……

译者语

《影梅庵忆语》是明末清初的大才子冒襄为亡妾董小宛写的一篇长文。

冒襄（1611—1693），字辟疆，号巢民，一号朴庵，又号朴巢，江苏如皋人。他出身仕宦之家，"少年负盛气，才特高，尤能倾动人"（《清史稿》）。董其昌曾将他比作初唐的王勃，期望他"点缀盛明一代诗文之景运"。但冒襄一生怀才不遇，六次参加乡试均落第，仅两次中副榜。郁郁不得志之余，他与张明弼结盟，积极参加复社，主持清议，有经世雄心，同陈贞慧、方密之、侯方域一起被称为"四公子"。但时乖运蹇，"会乱作，遂不出"，冒襄只能以清流自居，过着以著述为乐的隐逸生活。

明末清初，历史大潮剧烈翻涌，朝代更迭，兵戈四起，甲申之变、南明兴亡、清兵南下等接踵而至。虽在乱世，但当时的江南却是一派艳靡的景象，秦淮河畔樽酒交错，琴瑟箫笛依旧，夜夜笙歌不辍，而复社文人成为了其间的主角。当时的风流才子与秦淮名伎,如钱谦益与柳如是、龚鼎孳与顾横波、吴梅村与卞玉京、侯方域与李香君、王稚登与马湘兰等,成就了一时之盛。明末清初是中国历史上数百年一遇的大时代,世道人心也处于最为复杂的时期,忠将、贼子、遗民、贰臣同处一朝,上到皇帝大臣,下到文人墨客,都被江南的绝代佳粉连接在一起,演绎了一段段风流佳话,可谓是旷世少有。冒襄也不例外,他与"秦淮八艳"之一的董小宛从相识到相爱,最后走到一起。他们的爱情故事就发生在这一时期。可以说,《影梅庵忆语》就是明清易代文人群体追求自由精神的一种反映,也是个体生命在困厄世道中写下的浪漫诗章。

《影梅庵忆语》虽然是一篇回忆性文章,但因其长达万言,以足够的篇幅细致入微地讲述了故事的诸多细节。其中既有对乱世之中人物命运的描写,也有对日常生活中各种情趣的漫叙,还有对男女之间真挚情感的回忆,甚至还勾连出了大时代中那些几乎可以影响历史进程的隐秘往事。所以,《影梅庵忆语》不仅具有文学性,同时也具有历史学、社会学等多方面的研究价值。

在文学方面,《影梅庵忆语》首开"忆语体"文学的先河。它是杂糅了传记文学、笔记体文学和明清小品文的一种新的文学形式，这种抒情性自传文体对后世文学有着极为深远的影响，在近代文学史上有着不可忽略的重要性。自从《影梅庵忆语》刊行后，《香畹楼忆语》《秋灯琐忆》《浮生六记》《眉珠庵忆语》《倦云忆语》《寄心琐语》《昭明忆语》等"忆语体"文学作品纷纷问世，成为了一道道文坛风景，这可能是冒襄没有想到的。但细细解析这些文本的叙事结构和风格，确有其独特之处：才子佳人的今世奇缘、战乱中的家国忧思、温婉纯真的女性情怀、痛彻心扉的生死追问，都在诗性的演化中为读者带来了全新的阅读感受，而这正是它风靡一时的原因。所以，"忆语体"是明清文学中一个重要的文学现象，具有开创性的意义，而它对清早期性灵文学的影响也是有迹可循的。

在历史价值方面，《影梅庵忆语》虽是写个人的生活经历，但其中涉及了不少史实，如记录了1645年6月冒襄举家逃往浙江盐官过程中的遭遇。冒家一大家子辗转数月，颠沛流离，当时在马鞍山"遇大兵，杀掠奇惨"，"仆婢杀掠者几二十口，生平所蓄玩物及衣具，靡孑遗矣"，而这完全可以作为明清战乱历史研究的个案。又如在民间广为流传的吴三桂"冲冠一怒为红颜"的传说，事关"秦淮八艳"之一的陈圆圆。据传，吴三桂引清入关就发生在陈圆圆与冒襄的一段情缘之后，而这也在《影梅庵忆语》中有所印证，其中勾连的一段大历史，非稗官野史所能比拟。当年陈圆圆情定冒襄，两情相悦，但这是一段隐秘的历史，冒襄在《影梅庵忆语》中以"陈姬"代替陈圆圆，其实是有时事之讳的。他第一次见到陈圆圆时对她印象极佳，可谓惊艳："其人淡而韵，盈盈冉冉，衣椒茧时，背顾湘裙，真如孤鸾之在烟雾。"陈圆圆见到冒襄后也是一见钟情，发誓跟随他，定下"终身可托者，无出君右"的决心，但最后的结局却是"为窦霍门下客以势逼去"。这段史实给人以很大的想象空间，假如冒襄提前十天接走陈圆圆，那就没有后来的董小宛，更没有了吴三桂为红颜而改变历史路径的粗莽之举。而冒襄当时的"怅惘无极"也就具有了天地间的大悲悯，不单单只为一个女子，我相信此处必有一种历史的无情和虚无。

《影梅庵忆语》精彩之处，在于通篇叙述命运沉浮，一波三折，有荡气回肠之感。但它又不仅仅是有小说般的曲折情节，其过人之处，在于文字用情至深，从中也正可以看到冒襄复杂的思想转化过程。冒襄毕竟是官宦世家子弟，董小宛则是秦淮伎女，无论最初冒襄是如何贪恋董小宛的美色，在选择纳她为妾时,他仍然十分犹豫。但董小宛不顾重重阻拦与危险追随冒襄,表现出了惊人的决断与跳出藩篱的决心,这才打动了他。但进了冒家门的董小宛地位仍然是很低的,"姬之侍左右,服劳承旨,较婢妇有加无已","当大寒暑,折胶铄金时,必拱立座隅"。确实,董小宛是绝顶聪明之人,她把自己当成家中的婢妇,这样才能赢得众人的喜欢。她经历过秦楼楚馆的逢场作戏,却对三从四德的传统思想牢牢遵循。特别是在冒家举家逃难之时,董小宛对冒襄说:"当大难时,首急老母,次急荆人、儿子、幼弟为是。彼即颠连不及,死深箐中无憾也。"虽然其话语中有大义凛然,有对冒家的感恩戴德,但实则也是她对自己地位低下的自知之明。

其实,冒襄是在日常生活中才真正认识和爱上董小宛的。冒襄经历了为父请命和自己六赴乡试落榜的种种辛劳,早已厌倦了颠沛流离的生活,在将董小宛娶回如皋之后,乱世遗民的隐逸之志弥坚。在《影梅庵忆语》中,他用了大量篇幅来描写董小宛的"情趣"和"慧心",如在女红织绣、花草种植、品茗烹调等上,都展现了她极高的品味和审美情调。董小宛也是个才女,在帮助冒襄编纂《全唐诗》时,又顺便为自己编了一本《奁艳》,书中内容涉及"服食器具、亭台歌舞、针神才藻,下及禽鱼鸟兽",连冒襄都称赞其"瑰异精秘"。所以,冒襄在与董小宛一起生活的那些年中是非常享受的。红袖添香,缠绵悱恻,这在乱世之中实在是一段难得的温馨而静谧的岁月。难怪冒襄在董小宛去世后长叹:"余一生清福,九年占尽,九年折尽矣!"从这个过程中,我们可以感受到冒襄文字中人性的温度,他参透生死,心无尘碍,坦然将董小宛放到了一个美丽、善良、性灵的自由境界中,塑造出了一个鲜活动人的文学形象。

我们还应该看到,《影梅庵忆语》也是一篇关于明清时期艺术与生活的长文,文笔精湛,活色生香,它真正的文学价值也许就在于对士大夫生活和趣味的细腻描绘上。《影梅庵忆语》在感伤的底色下是对一个仙侣大梦的追悼,江南、佳人、名士是梦中的场景,奇花异茗、玉臂云鬟皆是过眼云烟,红颜薄命的悲剧命运中传递出的却是阴柔、优雅、颓废的气息,虽有灿烂,实为悲苦,而这或许正是人们深深迷恋它的原因。

也正因为此,围绕《影梅庵忆语》的话题经久不息,甚至还多有人对其进行杜撰和附会,比如说董小宛并没有死,而是被抢到宫中,成为了清世祖的董鄂妃,生造出了一段后传。更有甚者,还论证《红楼梦》中的贾宝玉就是顺治,而林黛玉就是董妃，证据是："小宛名白，故黛玉名黛，粉白黛绿之意也。小宛是苏州人，黛玉也是苏州人；小宛在如皋，黛玉亦在扬州。小宛来自盐官，黛玉来自巡盐御史之署……"（王梦阮《红楼梦索隐》）但胡适先生在《红楼梦考证》一文中就批驳了这种"无稽的附会"："小宛比清世祖年长一倍，断无入宫邀宠之理。"当然，这样的无中生有尽管多是对历史的臆想，但毕竟《红楼梦》到底写的是"秦淮残梦忆繁华"，或许《影梅庵忆语》中正有着与之相通的气息，所以也使其具有了广泛的影响力和经久的艺术魅力。

《影梅庵忆语》写于冒襄四十岁时，"余年已四十，须眉如戟"，应该是董小宛新丧不久所作，即顺治八年（1651）后。文章甫出，即刻印寄给他的朋友赏读，如陈弘绪，"今年春，雉皋冒子辟疆驰新刻数种，见寄中一帙，题曰《影梅庵忆语》"；又如陈焯，"岁甲午，余归自北，遇辟疆……手《影梅庵》一帙见示"。从中也可以看出《影梅庵忆语》刻印的时间在"甲午"，即顺治十一年（1654）之前。在现今留存的版本中，引用最多的则是光绪二十六年（1900）的《如皋冒氏丛书》本，系"冒氏第二十世族孙"冒广生汇辑而成。冒广生是光绪时期的举人，与林琴南、刘申叔一起被誉为"近代古文三大家"，对其乃祖冒襄非常崇拜，收集编纂有冒襄诗文作品集，所以他对《影梅庵忆语》的考订较详，版本也较为完备可信。本书主要采用的就是冒广生《如皋冒氏丛书》本，并在此基础上整理了冒襄年谱。

值得一提的是《影梅庵忆语》的结尾部分，虽是作者亲身经历，却犹如神来之笔，也是对"忆语"的一种呼应。冒襄写到痛失董小宛之前的一段恍惚经历：他去问卜，得一"忆"字，后半生将以忆为生。当然这个字也成全了《影梅庵忆语》这篇名文的传世。"忆"是文章之魂，更如杜茶村所言，是两个生命之间的"宛然对语"。

龚静染

2019年9月10日 成都

陈弘绪[1]题词

予卧病乱山中，求当世奇快事惬吾意者，杂录之，往往得妇人女子事为多，然不能遽成纪载。独金溪陈正夫[2]之配王氏，死节慷慨，震荡于吾耳目，则以予友傅平叔[3]为之传，徐巨源[4]为之墓表，足以发扬其生气。度他日吾纪载先成者，必陈烈妇也。其次则刘君元铛，记其妻妾捐躯于溪南

---

[1]陈弘绪（1597—1665）：字士业，号石庄，江西南昌新建人；明末清初文学家、史学家、藏书家；清初屡荐不仕，隐居章江，辑《宋遗民录》以见志，晚年致力著述。

[2]陈正夫：浙江苍南人，南宋咸淳四年（1268）戊辰科武进士，曾知滕州（今属山东枣庄市）。

[3]傅平叔：即傅占衡（1606—1660），字平叔，江西临川人；明末清初文学家，为学贯通古今，与刘命清（字穆叔）合称"临川二叔"；有《傅平叔先生集二卷》留世。

[4]徐巨源：即徐世溥（1608—1657），字巨源，江西南昌新建人；明末清初文学家，长于古文辞，著有《夏小正解》《韵蕞》《榆溪诗抄》《榆溪诗话》《逸诗》《逸稿》等。

陂，呜呜婉转，有凄风苦雨之致，然稍嫌其未尽[1]。如朱君泽之女与吾友许匏生之女，与婢类，甘白刃如饴[2]，龙宫蛟室，如其衽席，然访其轶事至再，仅获生卒之岁月与其地，余绝无所指，次以相告，予皆束之箧中。念古今奇妇人女子，赋性既与人异，其起居言笑，饮食嗜好，服饰器用技艺之属，必俱有甚异于人。当其大节未著，既忽略而不详察，及其轰然一旦，但以节烈一二语竟其生平，遂使古今奇妇人女子行迹，千百人如一人，若抄录旧文然。予悲之，欲为诸君据史氏法，勒成一书，不识其行迹可搜访否，或可搜访于里中？不识可搜访于四方否，又不识卧病如此，书竟成否？要皆未可，必之数也。

---

〔1〕"其次则刘君元镗……然稍嫌其未尽"句：刘元镗有妻吴氏、妾朱氏。顺治五年（1648），归降清廷的江西总兵金声桓起兵反清，被清军镇压，刘元镗妻妾被清兵捕获，先后自杀，为烈女人物。《清史稿》列传中有记载："刘元镗妻吴、妾朱，南昌人。元镗亦将家人避兵，兵及，弃抱中儿道旁厕而走，吴伏沟草。朱为吴得，縶（绳捆之意）以行，经溪，跃，縶绝，兵斫其颊，死。吴出草，行数十武，遇邻媪，脱簪求扶持。兵复至，吴握发仰天号曰：'夫邪子邪！吾其死邪！'兵挟刃逐之，行赴陂死。"

〔2〕甘白刃如饴：对死亡甘之如饴（感到像糖一样甜），表示甘愿承受死亡、痛苦。白刃，指屠刀。

今年春，雉皋[1]冒子辟疆驰新刻数种，见寄中一帙，题曰《影梅庵忆语》，予阅之，纪其亡姬董君小宛，事至四十条，文采葩流，笔锋曲折如画，予惊起而太息，曰：嗟，董君，抑何其幸哉！董君之死，年仅二十有七，静艳而文慧而早世，斯已矣。而辟疆乃哽咽淋漓，往复不厌至于千百言。嗟，董君，抑何其幸哉！世之奇妇人女子，其惨苦固有万倍于董君者，诚得才如辟疆之流，论叙而表章之，庶足以鼓风雷而走江海，而惜乎其不遇也。辟疆言董君，著《奁艳》一篇，细字红笺，类分缕析，极为瑰异精妙。今距辟疆朴巢二千里，安得遄至其下，展读于碧甍[2]朱阑间，相与沥酒埋香之径，顾影而一欷歔乎？卧病山中，因书数语遥寄以慰辟疆，并附姓字于忆语。

豫章[3]陈弘绪士业

---

[1]雉皋：如皋的别称。江苏如皋是冒襄的家乡。
[2]碧甍（méng）：青绿色的屋脊。甍，屋脊。
[3]豫章：南昌的别称、古称。

李明睿[1]题词

读冒辟疆《影梅庵忆语》,而叹文人韵士之饶有情痴也,然其中绝不作一媚语、软语、昵语、私语。综其始末,大都结撰于文心侠骨,而一种幽香静味即铁石人见之亦当下泪。予初读之惊,再读之而疑,三四读之而后知非天下之有情人,未易到此,情至斯语奇,语奇斯文贵。《会真》[2]奇矣,而尤物一段太腐;《长恨》[3]奇矣,而鸿都一段太幻;《连昌

---

[1] 李明睿(1585—1671):字太虚,江西南昌人,明末清初诗人、史学家;天启间进士,任左中允;崇祯十七年(1644)正月初三,李明睿曾劝崇祯放弃北京,尽快南迁,"上深许之",但遭到群臣反对,"南迁之议寝矣";辑有《仙音谱》《四部稿文抄今诗部》等。

[2]《会真》:即《会真记》,又名《莺莺传》,是唐代诗人元稹编撰的传奇小说,其中包括《会真诗三十韵》,讲述的是贫寒书生张生对没落贵族女子崔莺莺始乱终弃的悲剧故事。

[3]《长恨》:此处指唐人陈鸿据白居易《长恨歌》所作的《长恨传》。《长恨歌》是唐代诗人白居易的一首长篇叙事诗,全诗讲述了唐玄宗与杨贵妃的爱情悲剧,"歌既成,使鸿传焉"。传中有"适有道士自蜀来,知上心念杨妃如是,自言有李少君之术"等语,正是此文中"鸿都一段太幻""世界大矣,岂无李少君临邛道士其人乎"之所指。正如陈寅恪先生所言,《长恨歌》本身也可以看作陈鸿《长恨传》的一部分(《元白诗笺证稿》)。

宫》[1]奇矣，而弄权一段太实。惟临川《牡丹亭》[2]本幽艳芳香，仿佛近之。约略其情，似燕楼[3]中人，"双成阁中睡，九华帐里梦"[4]。蕊珠宫阙，缥缈仙山，疑未足以闷其魂魄也。辟疆无亦竭诚致神，上穷碧落，下极黄泉，冀得恍惚虚无，帷幕假寐中，再一相见乎？世界大矣，岂无李少君[5]

---

[1]《连昌宫》：即《连昌宫词》，是唐代诗人元稹创作的长篇叙事诗。这首诗叙述连昌宫的兴废变迁，反映了唐朝自唐玄宗时期至唐宪宗时期的兴衰历程，是"新乐府"的代表作品之一，也是唐诗中的长诗名篇之一。

[2]《牡丹亭》：原名《牡丹亭还魂记》，是明代剧作家汤显祖创作的传奇（剧本），与《西厢记》《长生殿》《桃花扇》合称中国四大古典戏剧。该剧描写了官家千金杜丽娘与梦中书生柳梦梅的故事。

[3]燕楼：即"燕子楼"，在今江苏徐州，相传为唐时尚书张建封的爱妾关盼盼的居所。张死后，盼盼念旧不嫁，独居此楼十余年。此处以"燕楼中人"指代痴情女子。

[4]"双成阁中睡、九华帐里梦"句：语出白居易《长恨歌》："金阙西厢叩玉扃，转教小玉报双成。闻道汉家天子使，九华帐里梦魂惊。"双成是传说中西王母的侍女，此处有代指董小宛之意。九华帐指绣饰华美的帐子。

[5]李少君：西汉时期齐国临淄人，道士，"好道，入泰山采药，修绝谷全身之术"，"以祠灶、谷道、却老方"而得到汉武帝的尊重，据传能驱鬼神，擅用药物，能让人返老还童。

临邛道士其人乎？是予所几几有望于朴巢[1]，如汉主唐宗一般痴想也。若文字之奇，不过娱耳悦目，何足当实事乎？辟疆得无然予言乎？

豫章李明睿太虚

---

[1]朴巢：指冒襄。冒襄号巢民，一号朴庵，又号朴巢。

陈焯[1]题词

余识天下士最早，年二十六始交吾辟疆，吾两人神合则已十年，视古人所谓心事一言知者，情亲殆过之也。时客广陵，觞咏[2]三日，辟疆相邀入雉皋。至则馆余逸园[3]，幽巘层矗，径壑窈深，异花纷披，池沼直鉴须眉，盖即辟疆与宛君小艇游泳地。"桃叶复桃叶，渡江不用楫"[4]，已仿佛大

---

[1]陈焯：字默公，清桐城人，其人工于诗，著有《涤岑诗文前后集》10卷，辑有《古今赋会》10卷。

[2]觞咏：谓饮酒赋诗。王羲之《兰亭集序》："一觞一咏，亦足以畅叙幽情。"

[3]逸园：江苏如皋冒氏家族的私家庄园，位于如皋城东北隅水绘园内，与水绘园融为一体。水绘园始建于明朝万历年间，原是邑人冒一贯的产业，历四世至冒辟疆时始臻完善，冒襄在园中构筑"妙隐香林""壹默斋""枕烟亭""寒碧堂""洗钵池""小语溪"等十余处佳境，是中国江南园林建筑中的名园，冒襄与董小宛就曾经生活在这里。

[4]"桃叶复桃叶，渡江不用楫"句：出自《桃叶歌》。相传王献之与新安公主成婚之后纳有一妾，妾名桃叶，深得王献之宠爱，曾为之迎送到渡口，并作《桃叶歌》。桃叶歌，是乐府中的一个曲调名，属吴声歌曲。

令风流也。辟疆既期余,数月留其邦,君殷一生,贤令尹也。喜得余矜为重客,绸缪恭敬,百倍王吉[1]之在临邛,数辞则数曳之,不使去。因是坐逸园,遂历春夏,辟疆时时出其画阁中,茗碗香瓣啜且爇[2]之,俱属宛君手供,迥异凡味。而肴蔌之芬旨,针缕之神奇,得诸餍饫与杂佩,尤难名状焉。忆余题朴巢诗有云:"莫贮娇娆金屋里,枝枝叶叶自相当。"又云:"桥渡黄姑临一水,门迎青使降双凫。"俨然以樊夫人望宛君,将待辟疆悬车之年[3],为仙朋道侣。岂意别去五载,遂掩香魂于蔓草耶!

岁甲午,余归,自北遇辟疆长干,握手道离思,辄讯宛君无恙。辟疆呜咽不能出声,手《影梅庵》一帙见示,读之如酸嘶孤雁,失侣哀鹤。嗟乎,在他人且惊悼不堪,况仆乎?

---

[1]王吉:西汉时期临邛(今四川邛崃)县令,他与司马相如有一段故事。《史记·司马相如列传》记载:"梁孝王卒,相如归,而家贫无以自业。"司马相如到达临邛后,"临邛令缪为恭敬,日往朝相如。相如初尚见之后,使从者谢吉。吉愈益谨肃",后来王吉还促成了司马相如与卓文君的相识。

[2]爇(ruò):点燃;焚烧。

[3]悬车之年:古人一般至七十岁辞官归乡,废车不用,因而以"悬车"代指七十岁。

虽然瑶姬[1]之朝暮无定，黄姑[2]之来去何常，使世间美人必待铅华刊尽，苍颜皓首，以登上寿，亦何异垂耋[3]之东施乎？宛君不必不死，死，不必不仙。仙矣，何忆为辟疆之忆？盖欲传宛君也，有知宛君如余，则辟疆之忆益信而可传矣。宛君楷法遒劲，波折轻妍，余曾乞得一扇，蝇头楷法，书累百言，至今藏箧笥中，若令樊川杜生[4]见之，必将以妒唐人者妒余矣，余又安忍无一言哉。

陈焯

---

[1]瑶姬：神话传说中的炎帝之女，未嫁而死，葬于巫山之阳，精魂依草，实为灵芝，为花草之女神。

[2]黄姑：指牵牛星，也即牛郎星。吴兆宜注引《岁时记》："黄姑，牵牛也。"《玉台新咏·歌辞之一》："东飞伯劳西飞燕，黄姑织女时相见。"唐元稹《决绝词》之二："已焉哉，织女别黄姑，一年一度暂相见，彼此隔河何事无。"

[3]垂耋：垂垂耄耋，指年老。

[4]樊川杜生：即杜牧，晚唐诗人，字牧之，号樊川居士，擅长诗赋，其《阿房宫赋》尤为后世传诵，有《樊川文集》二十卷传世。

高世泰[1]题词

　　久闻辟疆失小宛而神伤，春来救荒[2]，复告殚瘁，至作七日僵卧，为天庭之逝，再返人世。生生死死，应已打破桶底[3]。顷客南来，犹为辟疆征挽姬诗。余曰："枚发[4]有之，引之出涕，则吾岂敢无已启。南征仲冒谷辈，有倡和落花诗几百首，可终诵之乎？否则谢清娱墓铭可勒也。"客曰：

---

〔1〕高世泰：字汇旃，江苏无锡人，崇祯十年（1637）进士，授礼部主事，官至湖广提学佥事，入清不仕，晚年重建道南祠、丽泽堂等书院，讲学其中，著有《三楚四朝文献录》。

〔2〕救荒：原指救济凶年灾荒，这里是度过灾难之意。

〔3〕打破桶底：来自禅宗公案"打破漆桶"一语，指摆脱烦恼，彻底觉悟。《碧岩录》第九十七则雪窦颂文夹注："展转没交涉，向什么处摸索？打破漆桶来相见。"

〔4〕枚发：即枚乘《七发》。枚乘（？—约前140），字叔，淮阴（今江苏淮安）人，西汉时期辞赋家。《七发》为其赋作。《七发》是一篇讽喻性作品。赋中假设楚太子生病，吴客前去探望，通过互相问答，构成整篇。吴客认为楚太子的病因在于贪欲过度、享乐无时，不可医治，只可"以要言妙道说而去也"，于是他分别描述音乐、饮食、乘车、游宴、田猎、观涛这六件事的乐趣，循循劝导，最后"论天下之精微，理万物之是非"，太子乃愈。

"子何以再作转语。"余曰:"有之。白居易云:'愿以今生世俗文字,放言绮语[1]之因,转为将来世世赞佛乘[2]转法轮[3]之缘也。'"客曰:"是语可以殿诸什[4]之后。"

梁溪[5]高世泰汇辑

---

〔1〕绮语:佛教语,指涉及爱情或闺门的艳丽辞藻及一切杂秽语。

〔2〕佛乘:佛教谓教导众生成佛之法。因其为唯一之法,故又名"一佛乘""一乘"。

〔3〕转法轮:佛教用语,对佛陀宣说佛法的比喻。"法轮"喻佛法,"转"喻宣说。

〔4〕诸什:指众多的书篇。

〔5〕梁溪:江苏无锡之别称。

目录

译者语 / 1

 陈弘绪题词 / 9

 李明睿题词 / 12

 陈焯题词 / 15

 高世泰题词 / 18

1 |白话| 影梅庵忆语

 冒襄传 …………………… 49

 亡妾董氏小宛哀辞并序 ……… 52

 冒姬董小宛传 ……………… 66

75 |文言| 影梅庵忆语

 附：冒襄年谱 / 133

白话　影梅庵忆语

爱生于亲昵，亲昵则没有不被美化虚饰的。出于美化虚饰的目的而描述其所爱，天下就少有真正可爱的人了。况且女子深居闺阁之中，她们的美貌和才智被深藏起来，只能凭着善于辞藻的文人去描绘想象，就像是麻姑的故事被虚构，神女的事迹被浮夸。近来有好事之人，又通过编撰诗词歌曲，想当然地讲述奇异的离合故事，致使西施、卓文君、薛涛这些绝代佳人平凡如家妇。这些优秀女子遭遇的这种冤屈，都是由文人虚荣好名的恶习所致。

我去世的爱妾董氏，原名董白，字小宛，又字青莲，乐籍秦淮，后迁到苏州。在风尘中虽有艳名，但不是她的本色。自从初次相识，她便发誓要跟我一起，到了我家之后，她的智慧才识都逐渐显露了出来。这九年中，她与家中上上下下、里里外外，都相处得很和睦。她辅助我静心著书，又帮助我的夫人精研女红，还亲自汲水、舂米。无论是遇到灾难或者遭遇疾病，她都能化险为夷，以苦为乐。但如今她突然去世，我不知道究竟是她死了，还是我死了啊！只见我的夫人孤独无依，环顾四周而不知所措。家中老小都悲痛不已，无不认为世间难再得此等女子。她的慧心善行，听者无不感叹，恐怕文人义士都难与她比肩啊！

我曾经专门写了数千言的哀辞来悼念她，但由于声韵格律的限制，不能详述其生平事迹，于是我又撰文来追忆她。每当我悲痛地想起小宛的一生，回忆与她共度的九年时光，这些情景便会一起涌上心头和眼中，我即使有生花妙笔，也难以追述。这区区的血泪之笔，枯涩而神寒形削，根本就不能表达出我对她的爱，又怎能靠虚饰表达？况且小宛待我，始终以自然之态，从无轻薄做作之姿。我年已四十，胡须眉毛硬如刀戟。十五年前，陈继儒就说我看到穿着半臂薄纱的风情女子也会一笑而坦然视之，如今我又怎么可能学那些轻佻浮薄之辈去编造风流艳情故事，来欺骗亡灵？阅读此文者，倘若相信我的用情之深，就会知道她的与众不同，如果赐我美文华藻，我会借此来报答小宛，小宛当死而无憾，我也生而无恨。

己卯初夏，我到南京应试。与朋友方密之见面时，他对我说："在秦淮的佳丽中，有位董双成一般的美女，年正芳华，才色堪称翘楚。"我专门去拜访，她却因厌恶繁华，举家迁去了苏州。科举落第后，我在苏州闲游，又多次去半塘找她，她却一直逗留在洞庭湖畔没有回来。当时与董小宛齐名的有沙九畹、杨漪照，我日日在这两人之间逍遥度日，唯独她近在咫尺也没能见到。就在我快要坐船回去的时候，我又去拜访了一次，想见她一面。她的母亲秀美贤惠，安慰我说："你已来了多次，这回我女儿幸好在，只是小醉未醒。"然后让我稍事休息，等她出来。之后，她便从花径扶着小宛到了曲栏上，与我见面。

此时的小宛面含春色，双眼迷离流盼，姿容美艳，有天然神韵。但她却懒散倦怠得不说一句话。我既惊且爱，但知她酒困未去，只好告辞。这是我与董小宛的美好相识之初，那时她才十六岁。

庚辰年夏天，我滞留在影园，便想去访问董小宛。有人从苏州过来，说她已去了西湖。我还要游黄山、白岳，所以就没有成行。

辛巳年早春，我到湖南衡山探望母亲，由浙江走水路前去，过半塘时得知董姬的消息，她仍在黄山。当时许宗节先生赴任广州,与我同行。有一天,他赴宴归来,对我说:"此地有位陈姬,戏曲歌舞堪称一绝,你不可不见。"我帮许宗节备船去了好几次,才终于见到一面。陈姬淡雅而有风韵,轻盈柔曼,穿着华美的丝质香衣,那舞蹈中回盼长裙的芳姿,犹如一只孤鸾在烟霞中。那天她用弋阳腔唱了《红梅》,这种燕地的通俗剧目,本来是咿咿呀呀、嘅晰难听的曲调,经她的演唱,如轻云出山一样飘然,又如盘中滚动的珠玉一样清脆,让人欲仙欲死。夜晚四更时分,突然风雨大作,我们必须驾舟回去。我与陈姬相约再见之日,她说:"光福山的梅花如万顷白云,明早你能同我一游吗?在那里我们可以逗留半月。"我因为急着去探亲,便对她说不能久留。她又说:"我从南岳归来,会在虎疁的桂树林间等你,算时间,你在八月就能返回了。"告别之后,我恰好在八月江潮初涨之日送母亲回来。但到西湖后,我才知家父已被调到襄阳前线。我心急如焚,又顺便打听陈姬的下落,则听说她已被豪门贵胄掠去,感到非常震惊和悲伤。

待我到了苏州西门,水路滞涩,到浒关还有十五里,船只难行。偶然见到一个朋友,我与他交谈,无意间在言语中感叹,佳人难再见。他却告诉我:"你错了!当时被强盗抢去的不是陈姬,她现在藏身的地方离此很近,我与你一同去见她。"到了那里我们果然见到了她,真像在深谷里见到了幽兰。见面时,我与她相视一笑。她说:"你可来了!你不是在雨夜的船上与我盟定芳约了么?感谢你的殷殷之情,可惜在仓促间没有约定再见的日期。我差点就落入虎口,如今是死里逃生,才能与你重见,真是上天眷顾啊!现在我居住偏僻,长期吃素,品茗焚香,你且留在明月桂影之下,我要与你商议一些事。"因怕河道被阻拦,我带了百名家丁在河岸上护行。当时母亲还在船上,我便急切地想回去。正好黄昏时外面传来震耳的炮声,炮声就如落到了船旁一样,我星火般速速返回船上,不料我们一行人又与宦官争夺河道,发生争斗,处理后才得以脱身而去。第二天早上,陈姬淡妆而至,要拜见我母亲,见后又要我到她家去。那天晚上,船仍不得行,我乘月色又去见她,陈姬突然对我说:"我想脱离樊笼,找个好郎君,如今可以托付终身的人只有你。刚才见了你母亲,她温和如春云,仁爱如甘露一般,正是天意所归,请君不要推辞。"我笑着说:"天下哪有这样简单的事情呀!况且我父亲还在战乱中,这次回去,我当抛弃妻儿,前去舍命救援父亲。我两次路过你这里，都是船不得行才闲步而来。你突然如此一讲，我很惊讶。即便你真要这样，我也会塞耳婉拒，我不想白白耽误你。"但她仍然婉转相告："如果不嫌弃我，我发誓在家中等你载誉归来。"我回答说："要是真如此，我可以与你订约。"当时我与她在欣喜之下的表白与叮嘱，绵绵话语此处不一一记下。当时，我即席作了八首绝句赠予陈姬。

回家后过了秋冬，我为父亲的事四方奔走，历尽曲折。到壬午年三月，京城中上朝谏言的官员体恤我的奔劳之累，也同情我作为独子的苦处，及时把父亲调离襄阳的消息告诉了我。当时我正在毗陵，听到此消息就像心头一块石头落地，于是我利用路过苏州之便去安慰陈姬。她从去年冬天就多次来信催促我与她相见，我都没来得及回复。但我在去后，才知十日前她已被汪起先劫走。之前，苏州有爱慕她的人，召集千余人将她抢了回来，但汪起先放狠话要挟恐吓，并不惜以千金贿赂官府，地方官员知道他背后有皇亲国戚的权势，只好把她送还了事。我听到此消息后，怅惘万分，但转念一想，为了救父于患难，我辜负了一个女子也没有什么可悔恨的。那天晚上我心情非常抑郁，于是就与朋友划船去虎㘭夜游。第二天我派人到襄阳给父亲送信，就下船解缆回家。

　　舟行到一座小桥边，有小楼伫立。我问伴游的朋友："这是哪里？是什么人在居住？"朋友回答，此处是董小宛的居所。三年中我一直想念着她，听此一言不禁狂喜，立即停船前去拜访。但朋友劝阻我说："她前段时间为权势家所惊扰，十有八九都在病困中。如今其母已去世，她闭门不见客。"但我执意要去看她，再三叩门门才开了，室内一片静寂。我盘折登楼而上，只见几案卧榻上堆满了药。小宛低声问我为何而来，我告诉她昔年薄醉中她曾与我在曲栏有过一见。小宛忆起，禁不住流着泪说："你屡次来访，虽然只得一见，但我母亲却经常在私下说你人才出众，惋惜我不能与你相来往。一去三年，母亲刚刚病逝，见到你我又不由得想起她。先生今从何而来？"她强撑着身体坐起，掀开帷帐打量我，并把灯移到旁边，让我坐在床榻上。谈了一会，我怜她有病在身，便准备离去。她却执意留我说："我十天中有八天吃不下睡不着，每天昏昏沉沉，惊恐不安。今天一见到你，我便觉得神清气爽。"于是她吩咐家仆摆上酒食，与我在榻前共饮。小宛不断向我敬酒，我多次要走，她多次挽留，不让我离去。我对她说："我我问伴游的朋友："这是哪里？是什么人在居住？"朋友回答，此处是董小宛的居所。

明天要派人去襄阳告诉父亲调迁的喜讯，如果留在你这里，明早就不能报平安了。我要尽快回去，宁可在你这里少待一会儿。"小宛说："你确有重要的事，不敢挽留。"于是我与她告别。

第二天早晨，派往楚地的信差走了，我急着要赶路回家。友人及仆从对我说："董姬与你一见如故，恳切之情不可辜负。"于是我就去与她道别，去时她已梳好妆，正倚楼凝望，见我的船靠了岸，她便急急登上了船。我道别后将走，小宛说："我已准备好了行装，想随路送你。"我想推辞却不得推辞，阻止又不忍阻止，于是一路由浒关到梁溪、毗陵、阳羡、澄江，抵达北固，船行了二十七日，我二十七次向她告别，小宛都坚持要跟着我。在登金山时，她对着江水发誓说："我此身如江水东下，再也不回苏州了！"我变脸拒绝她，告诉她科举考试已经临近，这些年来因为父亲危困疆场，我顾及不到家事，连探望母亲都很少，今天才得以归还打理一切。况且她在苏州的债务又多，要脱离乐籍也要费一番周折。我建议她现在暂时回苏州，等我夏初应考时，再带她一同去南京赴考。秋试完后，我才有时间顾及此事，现在与她缠绵在一起，对双方都没有好处。但小宛听后仍然犹豫不肯离开。当时桌几上正好有一副骰子，一个朋友开玩笑对她说："你真的想如愿，就应该掷出好点子来！"于是她对着船窗祈祷一番，然后掷下骰子，竟然全是六点，船上的人无不称奇。我说这真是天意，但事情太过仓促处理，反而容易搞糟，还是不如暂时归去，慢慢来解决。不得已之下，她掩面痛哭与我相别。虽然怜惜小宛，然而能够轻身回家，我也如释重负。

到了海陵后，我马上就参加了乡试。六月回家后，妻子对我说："董姬让她父亲来了，她返回苏州后，闭门吃素，一心在家等待你到金陵赴考时带她同行。"听后我备感不安，送了十两金子让她父亲回去，并说："我已领了她的情意且许诺于她，只要她静静等候金陵考试过后，没有什么不可以的。"我感谢妻子成人之美的大度，于是没有履行当时与小宛一同赴考的约定，独自去了金陵，想考后再告诉小宛。八月十五日上午，我刚出考场，小宛突然出现在了桃叶渡的寓馆。原来她久候我的消息不至，于是只身带了一老妇人，买船从苏州到了这里。途中遇劫匪，船藏在芦苇中，但不巧遇到船舵坏了不能行，船上三天没有吃的。八月八日她们才到了三山门，由于害怕打扰我的头场考试,所以推延了两天才到南京。小宛初见我虽然很高兴,但说起分别百日中闭门吃素,与遭遇江上风波和盗贼的惊魂情景时,则声泪俱下,想跟随我的心更加坚定了。当时嘉善、松江、福建、河南的各方士子,无不佩服小宛的胆识,同情她的诚心,纷纷赋诗作画鼓励她。

考试完后,我以为一定能考中,可以考虑处理小宛的事,完成她的心愿了。不料八月十七日,我忽然听到父亲的船已经到了江岸。他没有到宝庆去赴任,而是直接从楚地告老还乡了。当时我已有两年没有侍奉父亲,他从战火前线回来,真是让我喜出望外,于是我来不及考虑小宛去留的事,从龙潭跟随父亲的船到了銮江。当时父亲读了我写的文章,说我肯定能金榜题名,于是我就留在銮江等候出榜。这时小宛又从桃叶渡的寓馆坐船来追我,在燕子矶遇到风浪,差点出大事,后来她又留在銮江的船上等我。九月七日发榜,我只中了副贡,只好日夜兼程赶回家,小宛则痛哭相随,不肯返回。我知道她在苏州的很多麻烦事绝非我一人所能解决,那些债主们要是见她远道而来投奔我,就会见势叫嚣,提出无理要求。况且父亲刚刚回家,我考试又不中意,诸多困难积在一起,实在难以满足她这时小宛又从桃叶渡的寓馆坐船来追我,在燕子矶遇到风浪,差点出大事……

的要求。船到了家乡城外,我便冷面铁心与她告别,让她仍然回苏州,先去稳住债主,这样也是为了让后事好办。

十月经过润州的时候,我去拜访我的考官老师郑公。当时福建的刘大行从京城来,同陈大将军和刘刺史一起在船中饮酒。这时正好有奴仆从小宛处来,说她回去后一直还穿着去时的衣服,现在天凉了仍然身着薄纱,要是我不快去接的话,她甘愿被冻死。刘大行指责我:"你冒辟疆枉称有情有义之人,怎么可以辜负一个女子呢?"我说:"正如君平、仙客的故事一般,没有黄衫豪士、古押衙们的帮助,那些权贵、官吏,哪里是他们自己能应付的呀!"刘刺史当时就奋然拂袖说:"假如给我千金用作打点,我今日就去调解。"陈大将军马上借给我数百金,刘大行也拿出数斤人参来支持。哪知道刘刺史并不善于调停,去苏州后反而招致与债主的谈判破裂,只好躲到吴江去了。那时我已经回了家乡,完全不知小宛的音讯。

至此,小宛在苏州进退无门,处境艰难。钱谦益听说后,亲自去了半塘,把她接到舟中。那些索债者,上至达官贵人,下到市井平民;和他们有关的所有大大小小的事,三日内都由他全部处理完毕，讨回的债务文书有一尺多厚。然后钱谦益又在楼船上设宴，在虎嘤为小宛饯行，买船把她送往我的家乡如皋。到十一月十五日傍晚时，我正陪父亲在抽存堂喝酒，忽然听说小宛已经到了河岸。我接到钱谦益的信，才详细知道这件事的过程，并且他已写信给其门生张祠部消除了小宛的乐籍。苏州那边还有遗留的事，由周仪部善后，南京方面的事则由过去礼部的官员李宗宪去出力。经过了十个多月的波折，小宛的愿望终于实现了，此中的来回纠葛，真是倾尽万斛心血才得以完成。

壬午年四月三十日，小宛送我到北固山下，坚持要随我渡江一同回乡。我越是推辞，她越是哀切，不肯离去。船停至江边，西洋人毕今梁寄给我一块西洋夏布，薄如蝉纱，洁白如雪。当时我让人用粉红色做里子，给她做了一件轻衫，其美不减张丽华桂宫里的霓裳。她与我一同登山，当时有四五条龙舟随波逐浪地跟随我们，还有山里的游人数千，也跟在我们后面，把我们当成了神仙。我们绕山而行，凡是我俩站立的地方，龙舟都争相靠近，围着盘桓数圈都不去。我大声询问他们，才知道驾船的都是去年秋天跟随我从浙江返回时的官舫船工，感激之下我赏了他们酒食。游玩一天后返回船上，船上的人用宣瓷大白盂盛满樱桃，我和小宛一起吃，简直分不清哪是樱桃哪是红唇。一时江山与佳人相照映，到现在谈到此景的人都还感叹当时的奢华美艳。

秦淮河上，中秋那天，各方复社的朋友感叹董姬为我不辞盗贼风波之险，一路辗转艰辛相随，于是在桃叶渡边的阁楼上为我们设宴。当时在座的有眉楼的顾夫人和寒秀斋的李夫人，她们是小宛的好友，欣慰于小宛与我缔结姻缘，于是都来庆贺。那天《燕子笺》新上演，淋漓尽致地演绎了男女间的恋情，当演到霍都梁与华行云的悲欢离合处，小宛热泪盈眶，顾、李两人也落下了泪。那一晚，才子佳人，楼台烟水，新曲明月，都足以千古永恒。至今回想，那一切都无异于是游仙枕中的梦境呀！

銮江的汪汝为是园林台亭营造上的高手，尤其是他建造在江边上的小园，集江山胜景之精华。壬午年九月初一，汪汝为曾邀请我和小宛到江口梅花亭上。那天长江之上白浪翻滚，如同涌入了我们的杯底，小宛用大酒杯豪饮，而行酒令时行为不乱仍然很清醒,而当时在座的乐伎们都醉得东倒西歪,四处溃散。小宛平时特别温柔谨慎,那天却情致高昂,这是我唯一见到的一次。

乙酉年,我送母亲和家眷离开家乡来到盐官。在春日的一天路过半塘,我看见小宛的旧宅依然还在那里。她有一个妹妹叫晓生,与沙九畹一同乘船来访,看到小宛就像我的掌上明珠一般;我的妻子非常贤淑,而她们相处得很融洽,这让大家都羡慕嫉妒不已。我们一起上虎丘时,小宛给我讲旧时所游之地,并回忆往事,苏州城里认识小宛的人都称赞她富有远见卓识,找到了一个好的归属。

鸳鸯湖上,耸立着高高的烟雨楼。视线曲折连绵向东,可以看到竹子、亭子、园子大半都在湖中。环绕苏州城四周的名园胜寺,都夹在浅水小洲和层层溪田的粼粼波光之中。游人一登上烟雨楼,目睹此景就以为自己已看过了世上最好的风光,其实他们不知道浩瀚幽渺的美景并不在此。我与小宛曾连日在此游览,又共同回忆钱塘江下的桐君山、严子陵钓台,以及碧水击岩的胜景。小宛还说新安山水的闲逸,与人们的饮食起居融为一体,尤其能让人怡然自乐。

钱谦益把小宛送到我的家乡如皋后,我正与父亲在园中饮酒,仓卒中我不敢告诉他这一消息,然后又陪他饮酒到四更时,我也没有离去。妻子不等我回来,便先为小宛清扫整理了一间屋子。帷帐、灯火、器具、饮食无不在最快时间内备齐。酒宴散后我见到了小宛,她说:"我刚开始不知什么原因见不到你,却见有许多婢妇簇拥着我上岸,心里偷偷怀疑而且有些害怕恐惧。到了这间屋子,我才看到什么东西都准备好了。我从旁打听,开始感叹女主人的贤惠,而更觉得这一年来决意相从你是一个不错的选择。"自此以后,小宛把自己关在这间屋子里,不弄管弦,不施粉黛,精学女红,整月足不出户,沉于清静,享受恬淡。她说就像她刚从万顷火海里逃出,来到清凉之地栖息一样,回想过去五年的风尘生活,真如噩梦和地狱一般。居住了几个月后,小宛对女红无所不精通,绣花工整而精美,刺绣裙裾时针脚像虫眼一样不见痕迹,且一日可作六幅。无论她的剪彩织字、缕金回文,还是飞针走线之绝,简直是达到了前无古人的程度。

自此以后,小宛把自己关在这间屋子里,不弄管弦,不施粉黛,精学女红,整月足不出户,沉于清静,享受恬淡。

三

小宛在外屋住了四个月,妻子才把她接回家里。进门之后,母亲和妻子见了她都非常喜爱,特别照顾她。我的小姑和大姐尤其对她珍视亲近,都说她德性举止不同常人。而小宛在侍奉左右、家务和听从安排上,比婢女仆妇有过之而无不及。烹茶剥果,都是由她亲手递上;她还善解人意,替人搔背挠痒。当遇到大冷大热,寒冬酷暑之时,她总是拱手站在边座上,要她坐下吃饭,却会吃上几口,又起来侍候大家,拱手而立如初。我每天教两个孩子作文,不称意时会用教鞭责罚他们,小宛则耐心督导孩子修改文章,并让他们把作文抄得端端正正,哪怕到很晚她都不懈怠。九年之中,小宛与我的妻子无一不合;至于对待家人和管理下人,她都努力做到仁慈谦让,因此大家都感念她的好处。我的交际应酬费用和妻子的日用花销,都由她打理;她从不私藏一点钱财,也不爱攒钱,从不给自己置一点金银首饰。小宛的弥留之际,是在大年初二,她一定要求见我的母亲,表了孝心才闭上眼睛。小宛最后叮嘱我除了身上穿的之外,金玉饰物、绫罗绸缎都不陪葬,实在是堪称奇人。

　　我好些年来想汇编四唐诗,购买全集,将逸事分类,集合众家之评,以人物和时间为序来整理,每集细加评选;并广泛搜集遗失的诗文,然后汇编一部洋洋大观的全唐诗集。但初唐、盛唐诗稍有次序,中唐、晚唐则是很多诗人有人名记载而无诗集保留,或诗集不全,或很多人名、诗集都没有传世。《唐诗品汇》一书大概记录了六百位诗人,《唐诗纪事本末》也只有千余位诗人,而记录的作品不详备,《全唐诗话》的内容更是寥寥无几。芝隅先生曾经为《十二唐人》作序,因而被称为豫章大家,他收集的中晚唐还未刻印的诗集有七百多种。孟津的王铎先生曾建议我,购买灵宝许氏的《全唐诗》,可满载数车,这是昔日流寓到盐官的大藏书家胡孝辕批阅过的,雕刻的工费都需要数千两银子。偏僻的地方无书可借,近来我又足不出户,未能外出购书,以现有的条件来搜集编撰,非常费力。每得一册,我必细加勘校。其他书有涉及此内容的,我都录入卷首,交给小宛去保管。至于编年及人物顺序,我以《唐书》为准。小宛则终日助我稽核、查寻、抄写,细心商订,不分昼夜,我们常常是相对而忘言。她对诗歌无所不解,且常常以聪慧的见解来解读诗歌。她喜欢读《楚辞》、杜甫、李商隐以及王建、花蕊夫人、王珪三人所著的《三家宫词》。高高的书堆,环绕在她的座椅四周,即使在夜深人静的枕边,都还放着一卷记录着数十个诗人的《唐书》。现在那间屋子已被尘封，我不忍心再打开它，但以后我的收集编纂唐诗之志，谁来与我一起完成呢？唯有一声叹息呀！

还记得前年读《东汉》时，读到陈仲举、范冉、郭亮这些人物传时，我为之拍案叹息。小宛便一一求解这些故事的始末，也为他们愤愤不平，并给他们作出了公正的评价，她的见解真可以作为史论。

乙酉年我们客居盐官，曾经向许多朋友借书来读，凡有奇妙和鲜见之处我都让小宛手抄下来，而她一遇到涉及闺阁中事的，便另录一册。回来后我与她遍搜诸书，把这种内容续录成书，取名为《奁艳》。此书瑰丽奇特而精致神秘，凡是古代女子从头到足，以及衣冠服饰、食物器皿、管弦歌舞、女红文辞，甚至禽鱼鸟兽和花草树木那样无情的事物，只有稍稍涉及有情，都被归入闺阁香丽一类中。现在，用娟细的字写在红笺上的这本书，那样的条分缕析，依旧在书奁中。客居那年的春天，顾眉夫人曾向小宛借阅过此书，看后她与龚鼎孳都极力赞许，并催我把它精美地印出来。我现在就应该忍痛为之聚力勘校，以完成她生前的心愿。

小宛刚到我家时，看到董其昌为我写的《月赋》一文是仿钟繇书体，非常喜欢临摹，然后她就到处找钟体碑帖来练习。后来她看了《戎辂表》，那里面把关羽当作贼将，于是她断然不学钟体而改临《曹娥碑》了，并每天写几千字，而没有错漏。凡是读书，我有摘录之处，或史论或诗歌，或是轶事妙句，她都立即抄进册子——她就像我的记事珠一样。她又经常替我写小楷扇面，赠送亲戚朋友。而我夫人的柴米油盐等日常生活开支，以及家里的进出账目，她都分别登记下来，而无丝毫差错。这份细心和专注，即便是我们这样的好学之人也不及呀！

小宛在苏州时曾学画但未成，能画几笔寒树枯枝，其笔墨也生动，经常独自在几案上画画写写，所以她对古今绘画特别喜欢。偶尔得到长卷小轴或家中所藏旧画，她常常是爱不释手，逃难时宁愿舍弃化妆用具，也要把书画捆好带走。到后来为了减少累赘，她把书画的装裱都剪裁了，只留下纸绢画面，但还是没有保住这些书画，这真是书画的灾难，而小宛对书画的喜爱是真诚到了极点。

小宛善饮酒,但自从到了我家,见我酒量很浅,她也不怎么饮酒了,只每天晚上陪我妻子饮几杯。其爱好饮茶却与我同性,而且我们都喜爱喝界片。每年苏州半塘的顾先生选最好的界片寄给我,茶片像蝉翼一样奇异。文火煮茶细烟袅袅,同时不断往小鼎中注入清泉,小宛便用口吹嘘鼎中的茶水。每次见此情景,我都要对她念诵左思《娇女诗》中的"吹嘘对鼎䥶"一句,小宛便会心而笑。水沸后看到水面如蟹目跳动、鱼鳞翻滚,白瓷茶盏也犹如月魂云魄般明洁,真是传神至极。每当花前月下,我们静静相坐而饮,茶水中绿叶慢慢下沉而香味慢慢上浮,这个画面犹如木兰带露,仙草临水,简直让我们到了卢仝、陆羽饮茶的境界。东坡有诗"分无玉碗捧蛾眉",我一生的清福,都在这九年中占尽,也在这九年中用尽了。

小宛经常与我静坐在香阁中,细细品味各种名香。宫廷里的香料味儿过于艳靡,而沉香又有些俗气。常人将沉香放在火上炙烤,烟熏油溢的,沉香就会马上熄灭。不但沉香的味道没有出来,即使将它放在怀里袖中,它都带着股焦腥味。沉香里有种质地坚硬细腻而带横纹的,叫"横隔沉",也就是四种沉香里有横纹相隔的那种,这种沉香的香气特别美妙。还有一沉香里有种质地坚硬细腻而带横纹的,叫"横隔沉"……

种没有结成纹理的，纹路像小斗笠大菌子似的沉香，叫"蓬莱香"，我收藏了很多。每次熏香时用慢火隔着砂瓦炙烤，使它不冒出烟，这样屋子里就像有风吹过的伽南香、露水浸润着蔷薇的花香、琥珀被热磨后发出的松香和酒倒入犀牛角杯的异香；这些香气长期熏蒸着被子枕头，又混合着肌肤的体香，真是非常甜蜜香艳，连人的梦魂也感得安稳舒适。除此以外我还有真正的西洋香，那是从皇宫内府得来的，跟商铺卖的差异很大。丙戌年客居海陵时，我曾经与小宛制作了百颗香丸，这实在是闺阁中的佳品，以点燃时看不到烟为最佳，如果不是她的灵秀雅致，我是领略不到如此曼妙境界的。

黄熟香产自国外，以柬埔寨产为最佳，皮质坚硬的叫黄熟桶，气味好闻而且通畅；黑色的叫隔栈黄熟。东莞茶园村的居民种黄熟，就像江南人种茶树一样，其树矮枝繁，香料结在根上。来自苏州的懂行的人把它的根取出，切断露白，把香的松软腐朽之处除掉，还有潮湿的根梢、黑色的树皮也可以去除。我与小宛在半塘客居时，知道金平叔喜爱收藏此香，曾以重金向他数次购买。块状的香干净润滑，长曲状的香像盘龙一般，都是从根部有结的地方随着纹路长出来的。黄色的香纹路兼以紫色，中间又杂以鹧鸪斑，如黄云紫绣，可以拭弄抚玩。在寒冷的夜晚，室内玉色的帷幕低垂，毯子重叠而温暖，二尺高的红色蜡烛燃着两三支并参差摆放，案几错落有致，大小相间的几个宣炉一夜燃着炭火，火焰的颜色如流动的金子和玉色的粟米一样。细细拨开炉上刚燃过的一寸灰，在灰上隔着一层砂瓦再选香放在上面熏蒸，经过半夜的时间，香味依旧不变，不焦也不消失，香气四溢，剩下的香脂像糖一样结成一块。热香之中仿佛有半开梅花和荷花、鹅梨、蜜房的气息，静静地渗入我们的鼻中。回忆多年来我们一起迷恋此味此境，直到晓钟敲响都未落枕，也曾想到闺怨诗中那些斜倚熏笼、拨尽寒炉，仍不见夫君归来的凄苦，才倍感我俩如花蕊一样处在众香的深处。而今人去香散，我如何才能得到一粒返魂丹，让小宛能够从那幽闭的墓室中再回到我的身边啊！

有一种生黄香，是从老树枯朽的肿瘤中取出的脂凝脉结。我曾经路过江南一带，收了很多放在我的筐箱中。有很大块面的和广东人带来的，甚至有整个树根还被泥土封着的，我都细心留意寻找带回家中，与小宛早晚清理它们，督促婢女用手剥出。常常是一斤多香才得几钱，比手掌还大的香仅削得一小片，只要剥挑得干干净净，丝毫也不遗失。这种香脂不要说熏蒸，就是剥出来马上一闻，也是味如芳兰；将它盛在小盘中，层层色彩各异、香味不同，可以玩赏也可以食用。过去我曾把这种香弄了一两片给广东的朋友黎美周看，他惊讶地问这是什么，如此精妙之物从何而来，即使在范晔的香学书中也看不到它。另外，东莞的香又以女儿香为绝品，土人拣香都让少女去做，女子常常把最好的大块的香藏起来，偷偷拿去换脂粉，而有人又从货郎担那里买回来。我曾经从姓汪的朋友那里得到了几块，小宛非常珍爱这种香。

我家室内和园亭中的空隙之地都种了梅花，春来时早晚出入其间，都处在烂漫的香雪里。小宛在梅花刚吐蕊时，便先观察哪些花枝的形态与几案上的瓶罐相配，或头一年就要适当修剪，到花开的时候刚好采摘回来插放。一年四季的草花竹叶，都由她慧心打理，使其格调格外清雅，花草的淡韵与幽香，便长久地弥漫在我们的房间中。至于那些浓艳到大红大绿的花草，就不是她所欣赏的了。

秋天来时她特别喜爱菊花，去年秋天在她病中，有客人送我"剪桃红",花开得繁盛而茂密,叶色碧绿像染过一般,枝条的姿态像轻云覆盖又被风吹斜了一样。小宛当时已抱病三月,竟然自己起来强撑着梳洗,看到"剪桃红"时她就非常喜爱,便将它留在卧榻旁边。她每天晚上燃起芳香之烛,以白色屏风围成三面,摆张小座在花间,等位置和菊影调到了参差横斜的妙景,她才进入。人在菊中,菊与人俱在光影中,她回视屏风,又看着我说:"菊的意态已淋漓尽致了,人与花谁更瘦呢?"如今回想,那情景真是淡雅秀丽如画一般。

她的闺房中养有春兰和秋兰,所以从春到秋,屋中都有湘楚之地的气韵,以之沐浴她的双手,尤其能增添肌肤的芳香。小宛用碧笺亲手抄录《艺兰十二月歌》贴在墙上。去年冬天她生病,兰花大多都枯萎了。楼下有一棵黄梅,每到腊月就会万花竞放,可以供三个月的采摘插戴。去年冬天,小宛移居香俪园静养,数百枝梅花不开一朵,只传来阵阵松涛声,让人倍感凄凉。

小宛酷爱赏月,常常是随着月亮的升落而起居。夏天在小园里纳凉,她与孩子们一起诵读唐人的咏月、流萤、纨扇小宛酷爱赏月，常常是随着月亮的升落而起居。

诗，她总是把床榻桌几移来挪去，以使四周都能照到月光。半夜回到屋里，她仍然推开窗让月光照在枕头席子上，月隐去了她还要卷起帷帐倚窗而望。小宛对我说："我抄写谢希逸的《月赋》，古人'厌晨欢，乐宵宴'，大概是因为夜晚时最舒适安逸，月光静谧，海天明净，冰霜玉洁，与白天的滚滚红尘比起来，就像是仙界与凡尘之别啊！人生熙熙攘攘，到了夜晚也不能消停，或许有月亮还没有出来就已酣然入睡的人，但月光之下的桂华露影他就没有福气去享受了。与你一起经历了四季，感受了月中的秀雅和冰清玉洁，领略了夜里飘来的淡淡幽香，那些仙路禅关的奥妙，也就是在此中静静悟得的啊。"

李贺有诗云："月漉漉，波烟玉。"小宛每次读到"波烟玉"这三个字，都要反复吟诵，说月的精气神都被这三个字写绝了。她说，假如人的肉身进入这"波烟玉"的世界，眼睛就会像水波一样温柔荡漾，神气如湘江云烟一样飘逸，身体似白玉一样纯洁，人如月，月如人，二为一，一为二，谁又分得清。她只觉得贾岛写的"倚杉为三"是多余的，至于"淫耽""无厌""化蟾"之句，才是玩月的真谛！

小宛生性淡泊，不嗜好肥腻、甘甜的食物，每次都用一芥茶小壶来淘饭，佐以一点新鲜蔬菜、几粒香豉便是一餐。我的食量很小，但特别喜欢香甜、海鲜和风熏的美味，又不喜独食，爱呼朋唤友一起品尝。小宛最懂我，总是尽力制作出各种洁净美味的食物来装点盘碟，她所做的美食不能一一详尽，我只顺便列举几个，由此可见一斑。

把甜食酿成露汁，拌以咸盐和酸梅；凡是有色香的花蕊，都在其刚刚盛开的时候采摘下来腌制成渍。经过一年，其香味和颜色都不会变，红艳鲜嫩像刚采摘下来一样，花的汁味融入到液露中，入口香味扑鼻，那浓郁的芳香和奇异的艳丽是不可多见的。最美味的要数秋天的海棠露了，海棠花本无香，而海棠露却香气袭人。海棠俗名叫断肠草，据说不能食用，但其味道之美比其他花露都好。另外还有用梅英、野蔷薇、玫瑰、丹桂、甘菊等制作的花露。至于黄橙、红橘、佛手、香橼等要剥开后去掉果瓣上的丝缕，这样色味更胜一筹。每次酒后端出数十种美食，五色在白瓷碗中浮动，解酒又止渴，即使是金茎仙掌所捧的仙露也难以同它们相比呀。

取出五月的桃汁、西瓜汁，把穰肉都剔除干净，用文火煎到七八分的时候开始搅上糖细细地熬制，桃膏像大红琥珀、西瓜膏像金丝糖。每到酷暑，小宛便亲自用手取汁以保证洁净，坐在炉边静静等待火候将它炼成膏糖，不使它焦糊，并按浓淡不同来分成很多种类，尤其显得其风味色泽各不相同。

制豆豉，酿制出它的色泽和气味要先于它的味道。黄豆要经过九晒九洗，豆瓣要剥掉外面的膜，再加以各种细料，将瓜、杏、姜、桂和酿豉的调味汁，极为精细干净地与豆瓣搅和在一起。等豉熟后拿出来，粒粒可数，香气、颜色、味道浓厚而特别，同普通的豆豉完全不一样。

做红乳腐要烘、蒸各五六次，等豆腐变酥软了，然后再剥去皮，加以各种调料，放几天就可以了，比建宁年间储藏了三年的豆腐乳还要好。其他还有冬春时的各种腌菜，小宛能使黄的如蜡，绿的如苔。蒲、藕、笋、蕨、鲜花、野菜、枸、蒿、蓉、菊等各种植物，她都能采来制成食品，真是香美满席。

小宛制作的熏肉久熏后无油，有松柏的味道；咸鱼风干久了如熏肉，有麂鹿的味道；醉蛤色如桃花；酒渍鲟鱼骨洁白如玉；油渍贝肉鲜如鲟鱼；虾松味似章鱼；用烘烤的兔肉、酥脆的鸡肉做成饼馅，可以蒸来吃。她烹调的菌子如鸡肉粽子一样鲜糯，豆腐汤像牛奶一样洁白。小宛善于仔细研究食谱，只要发现四方的名厨有独特技艺,她都要加以查证推敲,然后心灵手巧地进行变化处理,使烹饪出来的食物无不绝妙异常。

崇祯十七年的甲申三月十九日事变,我家乡是四月十五日之后才听到这个噩耗的。当时的地方官吏很懦弱,而豺狼虎豹狰狞地盘踞在城内,并扬言要焚烧抢劫,郡县中又传来兴平兵四处溃散的警报。街邻里居的乡绅大户一时作鸟兽散,都逃到了江南。我家乃诗书礼仪之家,世代谨慎谦让,父亲坚持不走,关门自守。过了几天,前后三十余家,只有我家还在冒炊烟。母亲、妻子都特别害怕,暂时躲避在城外,留下小宛照顾我。她锁上内室,清理衣服、书画、文券,分门别类地将它们分散交给仆人婢女照管,并亲手写上封条标识。群匪横行霸道每日抢劫,杀人如草芥,左邻右舍人影稀落如晨星,看形势再难独撑,我只好找一小船,扶老携幼,欲冲破险阻从南江逃到澄江以北去。一夜行了六十里,抵达湖州朱家暂避一时,当时江上盗贼猖獗,我先走小道打扮成老百姓模样送父亲从靖江而行。夜半,父亲对我说:"途中需要一些零钱,但没有地方可以兑换。"我便向小宛要,她拿出一个布袋,里面从几分的到几钱的,每十两中有百多块小钱,都写有数目重量,以便在仓促中随时取用。父亲看到后，惊讶且感叹，说她怎么有时间心细到这种地步。

当时的各种费用比平时涨了十倍，但还是雇不到舟船，出行只好又推迟了一天，我用一百多两银子雇了十条船，又用一百多两银子招募到两百人护行。但刚刚行了几里，就遇到潮落使船不能行。遥望江口上，有盗贼几百人正乘六条船成掎角之势，守在险要的地方等着我们过去。幸好江潮已落，他们不能顺江而下威逼我们的船。这时朱家派来强壮的人从江上来报信："后面岸上已被盗贼截去归路，不能返回，而护行的二百人中也藏有盗贼同伙。"这时十条船骚动起来，仆从们惊恐万状呼号痛哭。我笑着对江上的众人说："我家三代百余口人都在船上，从我先祖到我祖孙父子，六七十年来，无论是在外做官还是居住在乡里，从未做过任何违心和辜负人的事，假若今日都死于盗贼之手，葬身鱼腹，只能是天地不仁啊！但现在江潮突然降落，使两边的船停下而不能靠近，这是天意。你们不要恐惧，即使那船上就是敌国的军队，也不能加害我们！"之前在晚上收拾行李上船时，我就考虑到大江连海，老母幼子从未经历过这样的奇险，万一遇上逆风，到哪里去寻找车轿呢？

三更时我便把二十两银子交付一位姓沈的人，让他帮我雇两乘轿子、一架车和六个人。他与众人都很惊讶，笑我说："明早起帆，不到午时便能到达彼岸，为何要这么晚了还去花难以办到又无好处的费用呢？"请船夫帮忙招募轿夫，他们都觉得好笑。但我坚持要办好这两件事，再登船出发。到这时我虽然一直神情自若，但实际是进退维谷，无从飞身脱险，只得询问离江岸不远的地方有没有别的小路能通到"泛湖洲"？船夫说："从这里横过去半里至江岸有六七里小路，就能到达那里。"我马上命令仆从奋力划桨到岸边去，雇到轿子和车子三架，正好能坐七人。我把行李、婢妇都弃在船上，很快就到了朱宅，大家这才感叹我这半夜三更坚持要水陆兼程真是不幸言中了。

盗贼知道我们已经半夜逃走了，又知道朱宅已联络几百人为我护送行李和家人。大盗虽然散去，但贼心未死，他们自恃处在江上官府管辖不到的地方，又值现在是无法无天的时候，光天化日之下纠集贼众数百人，带信让我送千两银子去，否则就要围攻朱宅，四面放火焚烧。我笑答："盗贼真是愚蠢，在江流中都不能阻截我，现在还想在有数百户人家居住的陆地上来扰乱，怎么可能得逞呢？"然而泛湖洲的人名义上是要保卫我们，但其中也有不少不义之徒。我倾尽钱财召集全庄的人来，叫他们夜晚摆上酒席，齐心守在庄外以备不测。数百人喝酒分钱，都去了其他地方。当天晚上我便一手扶老母亲，一手牵着妻子，两个儿子尚小，当时我的幼弟刚生下十天（幼弟是冒襄的父亲冒起宗之妾所生），由他母亲抱着和一个忠实的仆人陪伴而行。从庄园后面竹林深处蹒跚而出，当时我已无手去援助小宛。我回头对她说："你快步跟在我后面，迟了就赶不上了！"小宛一人跌跌撞撞地差点跌倒，走了一里多才找到昨天所雇的轿子和车子。又连夜急驰到五更时分，我们才到了城下，盗贼和朱宅里图谋不轨的人还不知道我全家已逃走了。我们虽然脱险，但行李却大半丢失，小宛珍爱的东西都散失了。她回到家里对我说："当大难来临的时候，你要先照顾好母亲，再照顾好妻子、儿、幼弟才是。我即使跟在后面赶不及，死于竹林中也没有任何遗憾。"端午节我回到家里，又陷于临乱御敌状态，与城里的叛匪周旋一百多天，到中秋时才渡江去南京。与小宛分别五个月，腊月底我才回家。接着我又带着全家人随父亲去赴督运漕粮一职，先下江南，然后又寄居在盐官城里。我由此感叹小宛的深明大义、豁达灵变，就算是读破万卷的人又有谁能做到她这样呢?

乙酉年我流落到了盐官,五月南京也沦陷了。我家亲属不过八人,去年夏天逃难时在江上所遇的险都是因为仆从众多,动辄百口人,笨重的行李塞满了车舟,所以不能轻装前行,又有盗贼不断前来窥视侵扰。有了前车之鉴,这回我决定置生死于度外,闭门自守不再逃往他处。但盐官城中也开始乱起来了,自相残杀、甚嚣尘上,父母终日不得安宁,于是我们才转移到城外大白庄去居住。我让小宛带着婢女妇人守护寓所,不让一人一物出城,以免招来后患,这样就是带着父母妻儿流亡,也能轻身而行。但事与愿违,家人带着行李纷纷违命出城,清兵逼近嘉兴,剃发剪辫的命令刚好下达,人心惶惶不安。父亲决定先到惹山去,一家老小不知所措,我因此与小宛诀别,说:"这次逃难,不像在家里还有左右仆从相助,我孤身一人肩负一家老小的重担,与其临难时舍弃你,不如先将你安排在别处。我有个好朋友,讲信义多才学,我把你托付给他,此后如果有缘再相见,我们再结平生之欢,不然就听你自己决断,不要以我为念。"小宛说:"你说得对。全家老小都要依靠你,性命与你攸关,你上有父母下有妻小,都是百倍重于我的人，如果我再成为你的牵挂拖累，不但无益反而害了你。我随你的朋友去，如果可以保全自己，我发誓要等待你回来；如有不测，从前与你纵观大海时，所见的那海中狂澜万顷，就是我的葬身之处！"正要令小宛去时，但父母以我独独舍弃小宛而感到遗憾，于是我又带上她同行。此后一百多天中，一家人辗转于深山老林、荒僻之路、破陋茅屋和江上孤舟之间。我们或一月迁徙一次，或一日迁徙一次，或一日迁徙数次，凄风惨雨，饥寒交迫，苦不堪言。后来在马鞍山遇到南下的清兵，他们烧杀抢掠，场面惨不忍睹，幸好我们找到一艘小船，一家八口飞渡险境，得以保全性命。但小宛所受的惊吓和劳苦疾病，确实是已到了极点了。

秦溪蒙难之后，仅有我一家八口幸免于难，当时仆从婢女被杀被掠的有二十多人，我一生所藏的古玩珠宝衣物，全部丢失得干干净净。战乱稍稍平定后，一家人艰难逃入盐官城内，我向诸位友人告急，去时连被褥也没有准备。夜晚时只好到方坦庵先生家中投宿。他也是刚逃难回来，只得到一条毛毯，同方家三公子共同裹着睡在偏房里。时值深秋，寒风破窗而入。第二天，到处寻找才乞得一点柴米，这才暂时把父母与

"……从前与你纵观大海时,所见的那海中狂澜万顷,就是我的葬身之处!"

家眷接到盐官旧寓里。而我不幸感染了风寒，痢疟不断发作。只能支起一张离地只有一尺高的白木门板当床，裹着几块破棉絮御寒，火炉里只能烧着一点桑枝，汤罐里也没有滋补的药材。当时祸乱四起，苏州被阻隔，又听说家乡如皋发生了暴乱，从重阳节后我便神思混乱，到冬至前已濒临死亡。但一夜间清醒过来，我便千方百计寻得一条破船，从尸骨遍野中冒险渡过长江。但还不敢回到故里，我只好暂时栖身在海陵。

从冬到春经历了一百五十多天，我的病才痊愈。这一百五十多天里，小宛卷了一张破席守在我的床榻边，天寒时抱着我，酷暑时为我打扇，痛时为我按摩，或用身体为我当枕，或给我暖足，或随着我的身体移动而前后左右地侍奉，只要能让我的病体舒坦一点，她无不以身照料。长夜漫漫，万籁俱寂，她都要格外留心倾听和观察。替我喂汤药时她是手口交用，甚至粪便她都要目辨鼻闻，为之忧喜。她每天只吃一顿粗菜淡饭，除了祈拜上天保佑我以外，时时都跪守在我的跟前，温婉地安慰我，希望我能破颜一笑。但我生病时常常是失去了常性，动辄发怒，对她辱骂交加，她却没有一点埋怨之色，五个多月如一日。每看到小宛脸黄如蜡、骨瘦如柴，母亲和妻子都很痛惜和感叹，想替她来照顾我一阵，小宛却说："我要竭尽全力来报答先生，先生活着我死而犹生；假如先生性命不测，我留在兵荒马乱的世上，又能依托谁呢？"

又忆起我生病最重的时候，整夜不能入睡，劲风吹翻了屋瓦。当时盐官城中每天要杀几十乃至上百人，夜半鬼哭带着尖啸，来到我的破窗前，如蟋蟀鸣叫，又如万箭呼啸。一家人在辛劳一天后沉沉睡去，我背贴着小宛而坐，小宛用她的手紧紧握着我的手，静静倾听那凄厉激亢、荒凉悲戚的声音，直到唏嘘不止而泪流满面。小宛对我说："我到君家已整整四年，早晚见君所为，慷慨多侠义。在细微之处见豪情，无浅薄和邪恶之心。凡是先生委屈之处，只有我知道明白。我敬重先生的品行甚于爱先生的身体，而这都是鬼神赞叹且敬畏的，如果苍天有眼，一定会庇佑先生。但人生处在这样的境遇中，历尽了惨淡与艰难，动荡不安，而生命非有金石之固，哪有不消亡的！他日如果能度过这次劫难，我当与你抛弃一切，逍遥物外，先生千万不要忘了此时我说的这番话呀！"唉，我此生用什么来报答小宛的一番深情呢，她断断不是人世间的凡女子呀！

丁亥年那年，谗言足以熔化金石，人心如太行山的小路一样诡秘莫测，我被人诬陷，心里像压着五岳一样，整个夏天都十分压抑，只有早晚焚烧纸钱祭拜关帝以求安宁。我长期以来患有怪病，大量下血，肠胃中好像积压了千块石头一般；身体忽冷忽热，说的都是胡言乱语，常常是几昼夜昏睡不醒。医生胡乱开药，导致我的病情更加沉重，有二十多天一口水都喝不进。那时无人不认为我必死无疑，但我心里非常明白，这病不是由外而入。小宛在酷暑之际，不及挥汗和驱蚊，昼夜坐在药炉边忙碌，一直守候在我的枕边足畔有整整六十个日夜，无论是想到的和没有想到的，她都一一为我做到了。己丑年秋天，我的背上生了毒疮，她又同样照顾我一百多天。在五年时间里我病危了三次，每次遇到的都是致命的病症，我能侥幸地活下来，要不是小宛之力，恐怕未必能挺得过来。然而如今她却先我而去，在临终时她仍担忧她的死会增加我的病情，又担心她死后无人照顾我，小宛在生死之间对我如此缠绵难舍，实在是让人悲痛啊！

我在每年元旦那天，都会将这一年之事占卜于关帝面前。壬午年我特别想谋取功名，于是在心中默祷后抽了一签。

签首的第一个字是"忆",签面上是:"忆昔兰房分半钗,如今忽把音信乖。痴心指望成连理,到底谁知事不谐。"我当时很不解,占卜全词都没有关于功名的。等到我遇到了小宛,在四月底与她在金山分别后,她回去即开始闭门吃素,并虔诚地在虎阳关帝面前许愿,要终身跟随我,她得到的也是同样的签。秋天她到秦淮,将求签之事告诉我,担心我们的事情恐有曲折,我听后非常惊讶,告诉她我元旦时也是求得此签。当时有一位朋友在座,他说:"我到西华门去为二人合卜一签。"结果他求得的仍是此签。当时小宛既怀疑又恐惧,又害怕我看到这个签会懈怠退却而满脸忧虑。后来她的心愿终于还是实现了,想来"兰房""半钗""痴心""连理",都是闺阁用语,"到底""不谐"也在现在应验了。唉!我的有生之年,都将在长相忆的岁月中度过。"忆"字之神奇,今日才显验如此!

小宛的衣服首饰都在逃难时遗失了,回来后她很淡泊知足,不再为自己添置一物。戊子年七夕,小宛看见天上的流霞,忽然想把它描摹在一对黄手镯上,并让我写下"乞巧"二字,却不知道另一个上写什么来对应。她说:"昔日在黄山的豪门里，看到覆盖着祥云的真宣炉，形制特别漂亮，就用'覆祥'来对'乞巧'吧。"这对手镯镌刻得非常精妙。过了一年，小宛的金钏忽然断了，又重新做了一对，正好也是在七月，我写了"比翼""连理"重新镌上去。她在去世前，从头到脚，不穿戴一件金银珠宝和绫罗绸缎，独独是留着那对手镯不离手，这是因为上面有我题写的字。长生殿的窃窃私语，是在杨贵妃死后让招魂的术士记述给唐明皇的，当时我为何要轻率地写这样的词语，竟让《长恨歌》的故事再度谱写呢。

小宛的书法秀丽妩媚，学钟繇的字体但稍瘦，后又学《曹娥碑》。我每次点校的书目，她必准备砚台毛笔，在静夜中焚香，细细抄录下来。闺中成卷的诗集史册，都成为遗物了。她偶尔也有吟咏之作，自己多数都没有保存。客居异乡的大年初二，她为我抄录《全唐五七言绝》上下二卷，当时偶然读到唐代七岁女孩所作的"所嗟人异雁，不作一行归"诗句，为之凄然泪下，到了夜晚她和了八绝句，哀怨凄凉，让人不堪卒读。我挑灯一看，大为不悦，便夺去烧了，从此失去了这篇诗稿。悲痛呀，但奇怪的是她恰巧就是在今年的这一天去世的！

庚寅年三月，我欲重去盐官，访患难之时帮助过我的朋友们。到了邗上（今扬州），我被复社同仁诸友留下。当时我正满四十岁，各位名流都为我赋诗祝寿。龚鼎孳独独写了小宛的事迹，有数千字，《帝京篇》《连昌宫》都不足以与它的文辞媲美。龚鼎孳写道："你不在诗中加以注释，则无法知道我的一片苦心，如'桃花瘦尽春醒面'七字，吻合了小宛在己卯年醉中初见你、壬午年病中重见你的两番光景，不然又有谁知道呢？"我当时答应着，并没有马上下笔。当时还有其他人写的，如吴园次写的"自昔文人称孝子，果然名士悦倾城"、杜于皇写的"大妇同行小妇尾"、孝威写的"人在树间珠有意，妇来花下却能文"、心甫写的"珊瑚架笔香印屦，著富名山金屋尊"、仙湖写的"锦瑟蛾眉随分老，芙蓉园上万花红"、仲谋写的"君今四十能高举，羡尔鸿妻佐春杵"、同乡徕先生写的"韬藏经济一巢朴，游戏莺花两阁和"、元旦写的"蛾眉问难佐书帏"，这些诗都是庆贺我得到了小宛，谁料这些庆贺之辞，竟成了小宛的哀悼之辞呢？读我这篇杂记，就能知道当时朋友们的诗文之妙，而去年春天我没有注释龚君的诗，拖延至今，我只有以血泪和着笔墨来写了。

三月末的时候，我又移居朋友赵友沂的"友云轩"居住。长期客居异乡又卧听雨声，我思念之情更甚。傍晚雨停后，龚鼎孳偕同杜于皇、吴园次过来慰问并留下喝酒。听男僮弹琴吹管时，我的归思愈浓，便限韵每人各作诗四首，不知为何，诗中都有悲凉哀怨之音。三更后别去，我刚落枕，便梦见自己回到家中，一家人都在，唯独不见小宛。我急切地询问妻子，她不回答。于是我四处寻找，只见到妻子背着我流泪。我在梦中大喊道："难道她死了吗？"我因为太过悲恸而惊醒。小宛每年春天都要生病，我当时深为她担忧。回到家中，见到小宛安然无恙，便将这个梦闲说给她听。她说："真是奇怪，我也在那晚梦到有几个人要抢我去，幸好藏起来才脱险，但那些人还在疯狂搜寻，不肯罢休。"难道梦竟然是真的，而那些诗中的预言已早先就来向我相告了吗？

三更后别去,我刚落枕,便梦见自己回到家中,一家人都在,唯独不见小宛。

冒襄传

冒襄,字辟疆,别号巢民,如皋人。父起宗[1],明副使[2]。襄十岁能诗,董其昌[3]为作序。崇祯壬午[4]副榜贡生,当授推官[5],会乱作,遂不出。与桐城方以智[6]、

---

[1]起宗:即冒起宗(1590—1654),冒襄父亲,字宗起,江苏如皋人,崇祯戊辰年(1628)进士,官至山东按察司副使,督理七省漕储道,著有《拙存堂逸稿》。

[2]副使:节度使或三司使等的副职。《明史·职官志四》:"(按察司)副使、佥事、分道巡察。"

[3]董其昌(1555—1636):字玄宰,号悬白、香光居士,万历十七年(1589)进士,授翰林院编修,官至礼部尚书,谥文敏。作为一代书画大家,其画及画论对明末清初画坛影响甚巨。

[4]崇祯壬午:指崇祯十五年(1642)。

[5]推官:官名,明朝时推官为各府的佐贰官,掌理刑名、赞计典。

[6]方以智(1611—1671):字密之,江南省安庆府桐城县(安徽桐城)人;明代著名思想家、哲学家、科学家。其著述宏富,有《通雅》《物理小识》《药地炮庄》《东西均》《博依集》《易余》等作品。

宜兴陈贞慧[1]、商丘侯方域[2],并称"四公子"。襄少年负盛气,才特高,尤能倾动人。尝置酒桃叶渡,会六君子诸孤,一时名士咸集。酒酣,辄发狂悲歌,訾詈[3]怀宁阮大铖[4],大铖故奄党也。时金陵歌舞诸部,以怀宁为冠,歌词皆出大铖。大铖欲自结诸社人,令歌者来,襄与客且骂且称

---

[1]陈贞慧(1604—1656):字定生,宜兴县(今江苏镇江宜兴市)人,明末清初散文家;其文章婉丽闲雅,兼擅骈散两体,著有《皇明语林》《山阳录》《书事七则》等。

[2]侯方域(1618—1655):字朝宗,归德府(今河南商丘)人,明末清初散文家、复社领袖;著有《壮悔堂文集》10卷、《四忆堂诗集》6卷。清初作家孔尚任所撰《桃花扇》剧本,描写的就是侯方域与秦淮名伎李香君的爱情故事。

[3]訾詈(zǐ lì):责骂、诋毁,这里是鞭挞之意。訾,诽谤。詈,骂也。

[4]阮大铖(1587—1646):字集之,号圆海、石巢、百子山樵;南直隶安庆府怀宁县(今安徽怀宁县)人,戏曲名家,陈寅恪评价其诗作是"有明一代诗什之佼佼者"。阮大铖以进士居官后,先依东林党,后依魏忠贤,崇祯朝以附逆罪去职;明亡后在福王朱由崧的南明朝廷中官至兵部尚书,对东林、复社人员大加报复,南京城陷后出逃,顺治三年(1646)降清,同年死于福建仙霞岭。所作传奇杂剧《春灯谜》《燕子笺》《双金榜》《牟尼合》,合称"石巢四种"。

善，大铖闻之益恨。甲申党狱[1]兴，襄赖救仅免。家故有园池亭馆之胜，归益喜客，招致无虚日，家自此中落，怡然不悔也。

襄既隐居不出，名益盛。督抚以监军荐，御史以人才荐，皆以亲老辞。康熙中，复以山林隐逸及博学鸿词荐，亦不就。著述甚富，行世者，有《先世前徽录》《六十年师友诗文同人集》《朴巢诗文集》《水绘园诗文集》。书法绝妙，喜作擘窠[2]大字，人皆藏弆[3]珍之。康熙三十二年[4]，卒，年八十有三。私谥潜孝先生。（摘自《清史稿》）

---

[1]甲申党狱：这段史实指的是崇祯十七年（1644）李自成破北京，崇祯皇帝上吊而亡。同年五月，福王朱由崧在南京建立弘光政权，马士英执政，阮大铖被起用为兵部右侍郎，不久晋为兵部尚书，大兴党狱，对东林、复社诸人进行报复。

[2]擘窠：指大字。写字、篆刻时为求字体大小匀整，以横直界线分格，叫作"擘窠"。

[3]藏弆（jǔ）：同"弆藏"，意为收藏。

[4]康熙三十二年：公元1693年。

亡妾董氏小宛哀辞并序

嗟乎！小宛自壬午归副室[1]，余与子形影交俪者九年。今辛卯[2]献岁二日长逝，永别者已逾六十有五日。青天沉，碧海竭；阳翔晦，蕊渊缺；梅魂葬，幽兰啼；鹦鹉梦，杜鹃凄。此六十五日中，如中千日酒，如行万里云雾，如五官百骸散失，又荒荒然如瘕蛊[3]之难吐，与调饥之莫得，慕叫擗摽[4]，怛若创痏[5]，不知从古今世上人果有同阅此境景者。嗟彼宋玉[6]，亦有安仁。屡欲详述子生平，

---

[1]副室：妾。

[2]辛卯：指顺治八年（1651）。

[3]瘕蛊：这里指喉疾。瘕，同"瑕"，污点、缺点。蛊，病名，泛指由虫毒结聚、络脉瘀滞而致胀满、积块的疾患。

[4]擗摽（pǐ biào）：抚心，拍胸，形容哀痛的样子。朱熹《集传》："辟，拊心也。摽，拊心貌。"高亨注："辟，读为擗，拍胸也。"

[5]创痏：创伤，受伤。

[6]宋玉：字子渊，战国时期鄢（今湖北襄阳宜城）人，是继屈原之后又一伟大的辞赋家。其所作辞赋甚多，流传作品有《九辩》《登徒子好色赋》《神女赋》等。

学为诔或歌诗以吊之。落笔则万缕杂沓轇轕[1]缠纠结不可理。往往笔花凝于血泪，意匠歧于猬毛[2]，颓思蹇语，不能成文。今子幽房[3]告成，素旐[4]将引，谨卜闰二月之望日，妥香魂于南阡矣。自今以往，棺冥埏窍[5]，白日不朝，青松为门矣。能终无一言，以酹祖道[6]。嗟乎小宛，定皎志于一言，殚芳心于九岁。非余爱妾，乃余之静友也。余生平自负才识，虽浪得浮名，究竟未有殊遇，肝胆和盘，鬼神密许，人翻以太行见岨[7]。独子先澄早识，后坚深信，中间间关险陷，以及流离患难，疾病死生，不渝其志。

---

[1] 轇轕（jiāo gé）：纵横交错，深远貌。

[2] 猬毛：刺猬的毛，形容众多。南朝梁元帝《与鲍泉书》："须似猬毛，徒劳绕喙。"《资治通鉴·唐宪宗元和十二年》："城上矢如猬毛。"

[3] 幽房：指墓穴。

[4] 旐（zhào）：引魂幡。

[5] 埏（yán）窍：埏，墓道；窍，墓穴。

[6] 祖道：死者将葬之时，祭祀路神的出殡仪式。

[7] 岨（jū）：指路途上的山石障碍，此处用作动词，意为阻碍。

子非仅余之静友，实余之鲍叔、钟期[1]也。天下有一人知己，死而不憾者。故与子至情可忘，至性不可忘，衾枕可捐，金石不可捐。然终已矣，蕙帏无仿佛，岂枯管遂生精神哉。乃余拉泪溯洄，有不意得之子者，有不意失之子者。诚然无间，不复知天地间有何美好者，逖然[2]瞿然，似微有负于子，子反不以我为负子者，血丝一缕，倒为长河。于是锵楚挽喝，边箫徘徊，为之辞曰：

缅昔己卯[3]，应制白下[4]。一时名流，歌翻子夜。双成十六，竞誉芳姿。怡情茂苑，莺燕参差。

---

〔1〕鲍叔、钟期：这里代指知音。鲍叔，即鲍叔牙（前723或前716—前644），颍上人，春秋时期齐国大夫，知人善任，向齐桓公举荐自己的挚友管仲为相。因此，"管鲍之交"被用来比喻相知深厚的友谊。钟期，即钟子期（前413—前354），春秋战国时代楚国汉阳人。相传钟子期是一个樵夫，伯牙探亲回楚时，在汉江边鼓琴，钟子期正巧遇见，感叹说："巍巍乎若高山，洋洋乎若江河。"由此两人成为至交。钟子期死后，伯牙认为世上已无知音，终身不再鼓琴。

〔2〕逖（tì）然：很远的样子。逖，远。

〔3〕己卯：指崇祯十二年（1639），冒襄时年二十九岁。

〔4〕白下：南京的别称。

九月菊船,浪游吴越。半塘秋好,三访明月。

洞庭霜绣,红叶留人。嗟我迟回,相思无因。

兴尽将返,晼晚[1]一见。薄醉甜乡,惊回婉娈[2]。

小立曲栏,兰云半垂。烟视媚行,嫣蒨[3]微唾。

玉色凝春,朝霞和雪。海棠欲睡,未言旋别。

子时一瞬,亦似怜吾。我归摇曳,寸心饥驱。

闻去西湖,兼游白岳。车轮三载,重逢风约。

桐桥楼晤,病剧黄昏。萧懒数言,骤许姻盟。

转讶[4]娇痴,相视而笑。岂繄[5]侠识,静观我妙。

井水不澜,铁心匪席。之死靡他,金夫逋责。

虎嘷北固,秦淮銮江。劳劳往来,自买孤艭[6]。

风勇盗锋,樯倾舟岌。零丁弱影,倩谁抱翼。

---

[1]晼晚:太阳偏西,日将暮。

[2]婉娈:美貌。《诗·齐风·甫田》:"婉兮娈兮,总角丱兮。"郑玄笺,"婉娈,少好貌"。

[3]嫣蒨(yān qiàn):和静,安详的样子。

[4]转讶:转过来相迎。讶,相迎。

[5]岂繄(yī):岂止是。繄,惟;只。

[6]艭(shuāng):古书上提到的一种小船。

曾观画桨,并听桃叶。如鸟鹣鹣[1],似鱼鲽鲽[2]。

刘蕡下第[3],莱戏亲阐。子来我辞,彳亍[4]空归。

闭影自誓,羞滑却尝。可怜秋暮,蝉纱御霜。

事不如意,十有八九。畴知偾辕[5],翻属吾友。

不有鸿公,孰起陷阱。衮衮横玉,黄衫相映。

葛藤中划,宛载湘烟。楼船唱别,共羡神仙。

满愿偕余,淡情裙布。只此素心,无端灵悟。

管弦却衔,冥契针神[6]。女红小暇,泓颖独珍。

精理茗香,佐抄诗史。咸通微意,时苴芳旨。

碧拭篆鼎,元披图画。瓶花绝慧,云笼烟亚。

---

[1]鹣(jiān)鹣:比翼鸟。

[2]鲽(dié)鲽:比目鱼。"鲽鲽"常常以"鲽鲽鹣鹣"使用。《尔雅·释地》:"东方有比目鱼焉,不比不行,其名谓之鲽鲽;南方有比翼鸟焉,不比不飞,其名谓之鹣鹣。"

[3]刘蕡下第:刘蕡,字去华,北京昌平人,于大和二年(828)应试,在对策中痛陈宦官专权的弊害,遭忌被黜;后授秘书郎,宦官嫉蕡,诬以罪,贬柳州司户参军,含冤而死。李商隐与刘蕡是好友,曾为他写有《赠刘司户蕡》《哭刘蕡》等诗。

[4]彳亍(chì chù):指慢慢走、走走停停的样子。

[5]偾(fèn)辕:覆车,比喻覆败。偾,败坏;搞糟。

[6]针神:缝纫妙手。

旷谈山水，品藻人文。论今追昔，见逾所闻。

旁及饮食，膏红露碧。桃冻瓜凝，秋棠蜜渍。

琐瑟米盐，庑下春爨[1]。偶经部署，统循条贯。

适丰适俭，不谄不骄。诚致和惠，人盎天陶[2]。

老姑旭日[3]，大妇水乳。上下内外，有憾咸补。

我心所向，追的控弦。迟疑未发，巧得意先。

曾见子无，未必我有。不时相需，皆在左右。

一枕松涛，周围芍药。窈窕清深，阁菌房药。

酣春燕坐，草碧忘言。秘搜女逸，丽藻纤翻。

桂影露华，夜天玉砌。纨扇流萤，接景生媚。

朴巢邃古，涌月涟漪。搴[4]枝泛碧，清赏针磁[5]。

所少憾我，不饮不奕。善为解嘲，髯苏[6]抗席。

密娱静好，匪夷所思。私语仁义，鬼神不知。

---

[1] 爨（cuàn）：烧火做饭。
[2] 人盎天陶：人洋溢着天伦之乐。盎，洋溢；陶，快乐。
[3] 老姑旭日：意为对翁姑像旭日般和暖。
[4] 搴（qiān）：拔取。
[5] 针磁：钢针与磁石。比喻两相契合。
[6] 髯苏：苏轼的别称，以其多髯故。

自谓此乐，尘世无两。老死是乡，庶惬[1]幽享。

惨罹崩陷，身为众钮。严君窜迹，挈妻将母。

澄江秦海，两值盗兵。倒囊胠箧[2]，电迅雷訇。

杀掠女男，几二十口。俯仰孤肩，颠连子后。

德甫书画，犹能秘藏。亲为抱负，身与存亡。

绵力莫赡，逼侧背卿。风规大义，自比微尘。

脱有不测，澡身江海。锋镝[3]余生，捐弃无悔。

骨肉重集，我病奄奄。灰心柴骨，面瘠如拳。

忽浸雪窖，温以绵体。忽绕火轮，沃以秋水。

剑攒芒刺，摩抚横陈。僵尸永夜，藁席[4]其身。

百五十日，衣不解带。力竭精通，孤生蝉脱。

雨泣风啼，林荒鬼啸。苦历殊境，并肩寂照。

天佑归来，万有敝屣[5]。物外人外，鬓影可倚。

---

[1]惬：满足。

[2]胠（qū）箧：撬开箱箧，意为盗窃。

[3]锋镝：指兵灾战祸。锋，刀口；镝，箭头。

[4]藁（gǎo）席：用藁草做的席子。藁，多年生草本植物，茎直立中空，根可入药。

[5]万有敝屣（xǐ）：意为视万物如破鞋子一般，看轻一切。敝屣，破旧的鞋子。

重整窗岫,大隐深闺。白云闲闲,缭绕双栖。

旧月旧花,载觞载咏。细字涛笺,俪形玉镜。

末世险巇,聚溼群洽。喜我莱屑[1],顺彼锋侠。

内屏潜听,时伺应酬。哑哑[2]笑言,夜与讨求。

深更客至,必藏斗酒。银云栉栉[3],篝灯坐守。

我本握瑜[4],人诟为珷[5]。我本无垢,人巧于污。

惟子有言,不妨为卣[6],不妨为缶[7],神龙无首。

尤不易得,两阁同心。酿蜜融花,和瑟调琴。

天壤之间,乃有斯境。匪由强合,各钟淑性。

凡事未起,先与消融。即露行迹,冥漠为容。

---

〔1〕莱屑:贱弱。沈约《为晋安王谢南兖州章》:"臣以莱屑,幼无秀业。"

〔2〕哑哑:笑声。《易·震》:"震来虩虩,恐致福也;笑言哑哑,后有则也。"

〔3〕栉栉:本义是梳子和篦子的总称,比喻像梳齿那样密集排列着。

〔4〕握瑜:比喻具有纯洁高尚的品德。瑜,美玉。屈原《楚辞·九章·怀沙》:"怀瑾握瑜兮,穷不知所示。"

〔5〕珷(wú):似玉的石头。

〔6〕卣(yǒu):古代盛酒的器具,口小腹大。

〔7〕缶(fǒu):亦作缻。《说文解字》:"缶,瓦器,所以盛酒浆,秦人鼓之以节歌。"

太行千盘,遇子夷险。喜人魑魅[1],遇子不魇。

元和纯气,诞德与才。偕之逍遥,悠哉优哉。

转思恶梦,幸得醒时。一室三人,惊喜自疑。

痛定痛生,病余增病。三载郁皤,逢彼枭獍。

血下数斗,疽[2]发于背。迷惑殷忧,相视昏愦。

铄金不扇,露筋长宵。视于无形,察其所苗。

子之救我,剜心割肺。我之役子,众形百态。

只虑我毙,子失所天。濒死濒生,剑合珠圆[3]。

拮据瘁瘏,子抱小极[4],神疲环应,多事少食。

夙婴惊悸[5],肝胆受伤。恒于春半,瘦削肌香。

祸触风寒,季夏十七。沆[6]哉沉绵,遂成疢疾[7]。

---

[1]魑魅(chī mèi):中国古代神话传说中的山神,也指山林中害人的鬼怪。

[2]疽(jū):毒疮。

[3]剑合珠圆:比喻重逢、团圆,一般作"剑合珠还"。

[4]小极:困倦、小病。

[5]夙婴惊悸:被过去的惊悸缠绕。夙,之前,旧有的。婴,缠绕。

[6]沆(jué):水从洞穴中奔泻而出。

[7]疢(chèn)疾:疾病。《周礼·东宫考工记·弓人》:"疢疾险中,瘠牛之角无泽。"

痰涌血溢，五内崩舂[1]。虚焰上浮，热面霞烘。

转于扶侍，益怜愁黛。隐痛茹荼，冀终厥爱。

参苓杂投，无补真损。长夜瘁蹙，朝起内忍。

移居静摄，举室含凄。秃衫倭髻，犹掠豪犀[2]。

位置黄花，淡妆逑影。频移绛蜡，详审逸靓。

子虽支吾，余怀深恫[3]。环步迷漫，萦思惛憎。

恰逢小试，携儿邳关[4]。屡趣[5]我行，经月乃还。

三日细缄，平安频报。岂知自饰，慰我焦躁。

初腊驰旋，刃眼一见。脂玉全削，飘姚[6]徒倩。

一息数嗽，娇喘气幽。香喉粉碎[7]，靡勺不流[8]。

---

[1]五内崩舂：形容身体在大病中五脏不安，面临崩溃。舂：把东西放在石臼或乳钵里捣掉皮壳或捣碎。

[2]豪犀：古时刷鬓的器具。

[3]深恫：深深的哀痛。恫，哀痛，痛苦。

[4]邳（hán）关：江苏邳城。

[5]趣（cù）：古同"促"。

[6]飘姚：飘摇，飞扬。

[7]香喉粉碎：甜美的嗓音变沙哑了。

[8]靡勺不流：意谓只能用勺子进食流质食物。靡，没有。

火灼水枯,脾虚肺逆。呼吸泉室,神犹娓嬮[1]。

无可救药,展转寻生。追维既往,孰愿逢屯[2]。

怆淹除夕,痛捧心末。情海沸枯,始求利割。

涕泗把手,永诀至言。老亲两子,兼育幼昆。

君之一身,关系最大。勿以琐琐[3],遂为君害。

我不忍死,君不可病。我死君病,谁娴温清。

微身等金,微言等箴。身不能生,言犹足存。

我目如电,鉴君一线。稔共隐微,相观冥善。

所恨夭折,未睹鸿昌。岳峻海深,君恩难偿。

万顷寥廓[4],魂去何之。倘不飘散,灵旗四随。

七尺之外,罔需一物。衣缟簪犀[5],耳边诵佛。

---

〔1〕娓嬮(guǐ huà):形容女子体态娴静美好。宋玉《神女赋》:"既娓嬮于幽静兮,又婆娑乎人间。"

〔2〕孰愿逢屯:犹言"孰逢愿屯",意为谁料想今遭逢灾祸困顿。愿,灾害;屯,困厄。《说文》:"屯,难也。象草木之初生,屯然而难。"

〔3〕琐琐:事情细小,不重要。

〔4〕寥廓:空旷深远。

〔5〕簪犀:用犀牛角做的簪子,此处用作动词。韩愈《南内朝贺归呈同官》:"岂惟一身荣,佩玉冠簪犀。"

乃踰元旦,意寂声吞。小有问答,不语销魂。

翌辰俯首[1],一线再诀。昨拟速去,爱根斩绝。

履端[2]献吉,椒筵[3]承欢。团圆堂上,忍令抚棺。

以此弥留,苦牵一宿。求见慈尊,即瞑吾目。

泣讯老母,恐增凄伤。姑与迟迴,竟日相望。

灯萦冷翠,人忽游仙。悲极碧落,恸到黄泉。

西河九节[4],东海三芝[5]。匪彼神人,谁与子医。

计子之年,才逾廿七。相从几何,九岁瞬息。

中多颠沛,刚好四年。四年倒极,准当十千[6]。

十千艳异,今化彩云。子归何处,我谁与群。

翼鸟迷林,比鱼失濑[7]。朝不辨明,夕不省昧。

---

[1]俯首:低头。

[2]履端:年历的推算始于正月朔日,谓之履端。

[3]椒筵:即"椒花筵",农历正月初一合家聚餐的筵席,源自这天要给长辈敬椒酒的古俗。

[4]九节:一种药材。

[5]三芝:一般指参成芝、木渠芝、建木芝。芝为真菌类生物,古人以为食之可长生,故多视之为瑞草。

[6]十千:一万,极言其多。

[7]比鱼失濑(lài):意为(比目)鱼离开了水。濑,急速的水流。

思子兼才,尤多隐德。施与无厌,解衣推食。

称量千金,鲜溢杪忽[1]。周旋百事,细入毫发。

戚友聆风,叹为宜妇。家人佩暖,比之温朐。

淡泊丰厚,理享遐年。胡为脆促[2],乃在我前。

怛[3]哉子言,不忍我病。我不可病,我宁可死。

我不可死,令子独死。自子之死,生趣渐尽。

有求不得,有意谁徇。象鬲隐篆,兔瓷失香。

简编飘散,零落都梁[4]。孤松长号,黄梅结蕊。

芝焚蕙叹,鹦鹆[5]自毁。泪洒香奁,痛披笔墨。

湘紫十层,唐诗百幅。满目手泽,珊瑚琅玕。

贇庇[6]凝怨,如环无端。照车埋光,连城碎玉。

畴不伤逝,为余悼淑。荆妻茕茕,老母浩浩。

---

〔1〕杪忽:极小的量度单位,多形容很少、甚微。《后汉书·律历志中》:"夫数出于杪忽,以成毫厘,毫厘积累,以成分寸。"

〔2〕脆促:生命脆弱而短促。南朝宋谢灵运《庐陵王墓下作》:"脆促良可哀,夭枉特兼常。"

〔3〕怛(dá):忧伤;悲苦。

〔4〕都梁:盱眙别称。盱眙现在是江苏淮安市下辖县。

〔5〕鹦鹆(yīng yù):鹦鹉与鸲鹆(也称八哥),皆能模仿人语。

〔6〕贇(yūn)庇:失去庇护。贇通"殒"。

姊姑垂矜[1]，汍澜[2]相吊。冀逢无端，结想不梦。

灵有与无，何从幽洞。呜呼痛哉，呜呼伤哉。

春草方生，绮罗[3]竟尽。琴瑟在御，泉途将宫。

有台有池，有庵有篱。上荫五粒[4]，下生连枝。

桃花为泥，黄绢为辞。虽艰血胤[5]，永寿丰碑。

哀文积于胸臆六十五日，两日夜成，凡二千四百言，二百四十韵。从来悼亡，无此支离繁缛者。孤灯自读，凄风飒雨，悲音起帘栊，振林木，能令搏黍[6]巧啭化为望帝精魂，抑使庭下香雪数十株，咸闭影零英，泥为尘土。嗟乎，奉倩[7]之神伤矣！文通之才尽矣！亡妾有灵，应怜余报知酬德之一念，而世之读此者，当知登徒子非好色者也。（冒襄/述）

---

[1] 垂矜：赐予怜悯。
[2] 汍（wán）澜：形容流泪的样子。
[3] 绮罗：华贵的丝织品或丝绸衣服。
[4] 五粒：松的一种，因一丛五叶如钗形而得名。
[5] 血胤（yìn）：同一血统的子孙后代。
[6] 搏黍（shǔ）：黄鹂（黄莺）的别名。
[7] 奉倩：指痴情于亡妻的人。三国时荀粲，字奉倩，因妻病逝，痛悼不能已，每不哭而伤神，岁余亦死。

冒姬董小宛传

董小宛，名白，一字青莲，秦淮乐籍中奇女也。七八岁，母陈氏教以书翰，辄了了[1]。年十一二，神姿艳发，窈窕婵娟，无出其右。至针神曲圣、食谱茶经，莫不精晓。顾其性好静，每至幽林远壑，多依恋不能去。若夫男女阗集[2]，喧笑并作，则心厌色沮，亟去之。居恒揽镜，自语其影曰："吾姿慧如此，即诎首[3]庸人妇，犹当叹采凤随鸦，况作飘花零叶乎？"

时有冒子辟疆者，名襄，如皋人也，父祖皆贵显。年十四，即与云间[4]董太傅[5]、陈征君[6]相倡和。弱冠，

---

[1]了了：明白；懂得。
[2]阗（tián）集：大量聚集。阗，充满。
[3]诎（qū）首：低头，屈服顺从貌。诎同"屈"。
[4]云间：旧时松江府的别称，府治在华亭县，即今上海市松江区。
[5]董太傅：即董其昌，见前注。
[6]陈征君：即陈继儒（1558—1639），字仲醇，号眉公，明末松江府华亭县人，文学家、书画家，有《梅花》《梅竹双清图》等传世，著有《陈眉公全集》《小窗幽记》等。因他屡征不赴，被同时代人尊称为"征君""征士"。

与余暨陈则梁四五人，刑牲[1]称雁序[2]于旧都。其人姿仪天出，神清彻肤。余常以诗赠之，目为东海秀影。所居凡女子见之，有不乐为贵人妇、愿为夫子妾者无数。辟疆顾高自标置，每遇狭斜掷心卖眼[3]，皆土苴[4]视之。

己卯，应制来秦淮，吴次尾[5]、方密之、侯朝宗咸向辟疆啧啧小宛名。辟疆曰："未经平子目，未定也。"而姬亦时时从名流谶集间闻人说冒子，则询冒子何如人。客曰："此今

---

〔1〕刑牲：古代为祭祀或盟约而杀牲畜。

〔2〕雁序：雁群飞行有序，借指结拜时序齿长幼。此处比喻兄弟。杜甫《天池》诗："九秋惊雁序，万里狎渔翁。"

〔3〕掷心卖眼：谓女子的献媚之态。

〔4〕土苴（jū）：渣滓，糟粕，比喻微贱的东西。

〔5〕吴次尾：即吴应箕（1594—1645），字次尾，号楼山，南直隶贵池大演（今属安徽石台）人；崇祯贡生，曾参加复社，起草《留都防乱公揭》声讨阮大铖；清兵破南京后，在其家乡起兵抗清，被执就义，私谥文烈先生；著述甚丰，有《国朝记事本末》《东林本末》《嘉朝忠节传》《留都见闻录》《读书止观录》等。冒襄对吴应箕是这样描写的："楼山之为人，卓荦淹通，豪俊负大志。一贫诸生，挥金帛娱声色。好面折人过，与公卿大夫辩论是非得失；赴人患难，缓急如不及。至经史证据、国家关系、时势安危、方舆形胜以及兵贼战守攻击之成败，无不抵掌而谈，掀髯长啸，唾骂痛哭而后已。"

之高名才子，负气节而又风流自喜者也。"则亦胸次贮之。比辟疆同密之屡访，姬则厌秦淮嚣，徙之金阊[1]。比下第，辟疆送其尊人[2]秉宪[3]东粤，遂留吴门。闻姬住半塘，再访之，多不值。时姬又患嚣，非受縻于炎炙，则必逃之鼪鼯[4]之径。

一日，姬方卧醉唾，闻冒子在门，其母亦慧倩，亟扶出相见于曲栏花下。主宾双玉有光，若月流于堂户，已而四目瞪视，不发一言。盖辟疆心筹，谓此入眼第一，可系红丝。而宛君则内语曰："吾静观之，得其神趣，此殆吾委心塌地处也！"但即欲自归，恐太遽。遂如梦值故欢旧戚，两意融液，莫可举似，但连声顾其母曰："异人！异人！"

辟疆旋以三吴坛坫[5]争相属，凌遽而别。阅屡岁，岁一至吴门，则姬自西湖远游于黄山白岳间者，将三年矣。此三年中，辟疆在吴门，有某姬[6]亦倾盖输心，遂订密约，然以

---

[1] 金阊：指苏州金门、阊门两城门，代指苏州。
[2] 尊人：对他人或自己父母的敬称。
[3] 秉宪：执掌法令。
[4] 鼪鼯（shēng wú）：指鼪鼠与鼯鼠，这里指鼠道小径。
[5] 坛坫（diàn）：会盟的坛台。此处指文人会集。
[6] 某姬：这里指陈圆圆。参见冒襄《影梅庵忆语》中的讲述。

省觐往衡岳,不果。辛巳[1]夏,献贼[2]突破襄樊,特调衡永兵备[3]使者,监左镇军。时辟疆痛尊人身陷兵火,上书万言,干政府言路,历陈尊人刚介不阿、逢怒同乡同年状,倾动朝堂。至壬午春,复得调。辟疆喜甚,疾过吴门,践某姬约。至则前此一旬,已为窦霍豪家不惜万金劫去矣。

辟疆正彷徨郁抑,无所寄托,偶月夜荡叶舟,随所飘泊。至桐桥,见小楼如画,阒闭[4]立水涯。无意询岸边人,则云:"此秦淮董姬自黄山归,丧母,抱危病,锸户二旬余

---

[1]辛巳:指崇祯十四年(1641)。

[2]献贼:指张献忠(1606—1647,字秉忠,号敬轩,外号黄虎,陕西延安府庆阳卫定边县人)。崇祯年间,张献忠组织农民军起兵,克凤阳、焚皇陵、破开县、陷襄阳;崇祯十六年(1643),攻克武昌,自称大西王。又带兵攻入四川,在成都建立大西政权,年号大顺;大顺三年(1647),引兵拒战清军,在西充凤凰山战死。

[3]衡永兵备:即衡永兵备道。当时衡永兵备道的道治在衡阳,冒襄的父亲冒起宗任山东按察司副使,被调任衡永兵备道使者,处于战争的前线。兵备,全称整饬兵备道,明朝时在边疆及各省要冲地区设置的整饬兵备的按察司分道。兵备道道官通常由按察司的副使或佥事充任,主要负责分理辖区军务,监督地方军队,管理地方兵马、钱粮和屯田,维持地方治安等。

[4]阒(qù)闭:静闭。阒,静寂,没有一点声音。

矣!"辟疆闻之,惊喜欲狂。坚叩其门,始得入。比登楼,则灯炧无光,药铛狼藉。启帷见之,奄奄一息者,小宛也。姬忽见辟疆,倦眸审视,泪如雨下,述痛母怀君状,犹乍吐乍含,喘息未定。至午夜,披衣遽起,曰:"吾疾愈矣!"乃正告辟疆曰:"吾有怀久矣,夫物未有孤产而无耦[1]者,如顿牟[2]之草、磁石之铁,气有潜感,数亦有冥会。今吾不见子,则神废;一见子,则神立。二十日来,勺粒不沾,医药罔效;今君夜半一至,吾遂霍然。君既有当于我,我岂无当于君?愿以此刻委终身于君,君万勿辞!"辟疆沉吟曰:"天下固无是易易事。且君向一醉晤,今一病逢,何从知余?又何从知余闺阁中贤否?乃轻身相委如是耶?且近得大人喜音,明早当遣使襄樊,何敢留此?"请辞去。至次日,姬靓妆鲜衣,束行李,屡趣登舟,誓不复返。

姬时有父,多嗜好,又荡费无度,恃姬负一时冠绝名,

---

[1]无耦(ǒu):无偶。耦同"偶"。
[2]顿牟:即琥珀。其甲壳经摩擦后会产生静电,可以吸引芥一类的轻小物体。东汉王充《论衡·乱龙》:"顿牟掇芥,磁石引针,皆以其真是,不假他类。"

遂负逋[1]数千金,咸无如姬何也。自此渡浒墅,游惠山,历毗陵、阳羡、澄江,抵北固,登金焦。姬着西洋布退红轻衫,薄如蝉纱,洁比雪艳,与辟疆观竞渡于江山最胜处。千万人争步拥之,谓江妃携偶踏波而上征也。凡二十七日,辟疆二十七度辞。姬痛哭,叩其意。辟疆曰:"吾大人虽离虎穴,未定归期。且秋期逼矣,欲破釜焚舟冀一当[2],子盍归待之?"姬乃大喜曰:"余归,长斋谢客,茗碗炉香,听子好音。"遂别。自是杜门茹素,虽有窦霍相檄、佻健[3]横侮,皆假贷贿赂以蝉脱之。短缄细札,责诺寻盟,无月不数至。迨至八月初,姬复孤身挈一妇,从吴买舟江行,逢盗,折舵入苇中,三日不得食。抵秦淮,复停舟郭外,候辟疆闱事[4]毕,始见之。一时应制[5]诸名贵咸置酒高宴。中秋夜,觞姬与辟疆于河亭,演怀宁新剧《燕子

---

[1]负逋:拖欠钱财。
[2]一当:犹言一举成功。指科举考试取得成功。
[3]佻健(tā):轻浮放荡之辈。
[4]闱事:考场之事。
[5]应制:旧指由皇帝下诏命而作文赋诗的一种活动。这里指文朋诗友间的聚会。

笺》。时秦淮女郎满座，皆激扬叹羡，以姬得所归，为之喜极泪下。

榜发，辟疆复中副车，而宪副公不赴新调，请告适归；且姬索逋者益众，又未易落籍，辟疆仍力劝之归，而以黄衫押衙托同盟某刺史。刺史莽，众哗，挟姬匿之，几败事。虞山钱牧斋[1]先生维时不惟一代龙门[2]，实风流教主也，素期许辟疆甚远，而又爱姬之俊识。闻之，特至半塘，令柳姬[3]与姬为伴，亲为规划，债家意满。时又有大帅以千金为姬与辟疆寿，而刘大行复佐之，公三日遂得了一切，集远近与姬钱别于虎嚏，买舟以手书并盈尺之券，送姬至如皋。又移书与门生张祠部，为之落籍。八月初，姬南征时，闻夫人贤甚，特令其父先至如皋，以至情告夫人，夫人喜诺已久矣。姬入门后，智慧络绎，上下内外大小罔不妥悦[4]。与辟疆日坐

---

[1]钱牧斋：即钱谦益。钱谦益（1582—1664），字受之，号牧斋，苏州府常熟县人，东林党领袖之一，冒襄的朋友。

[2]一代龙门：指文人所崇仰的人物。后汉时李膺有重名，后起的文人登门拜访他，称之登龙门。

[3]柳姬：即柳如是。柳如是（1618—1664），字如是，女诗人，"秦岭八艳"之一，后嫁与钱谦益。

[4]罔不妥悦：无不觉得妥帖欢喜。

画苑书圃中，抚桐瑟，赏茗香，评品人物山水，鉴别金石鼎彝；闲吟得句，与采辑诗史，必捧砚席为书之。意所欲得，与意所未及，必控弦追箭以赴之。即家所素无，人所莫办，仓猝之间，靡不立就。相得之乐，两人恒云"天壤间未之有也"！

申酉[1]崩坼[2]，辟疆避难渡江，与举家遁浙之盐官，履危九死，姬不以身先，则愿以身后："设使贼得我则释君，君其问我于泉府耳。"中间智计百出，保全实多。后辟疆虽不死于兵，而濒死于病。姬凡侍药不间寝食者，毕百昼夜。事平，始得同归故里。前后凡九年，年仅二十七岁，以劳瘁病卒。其致病之由与久病之状，并隐微难悉，详辟疆《忆语》《哀词》中，不唯千古神伤，实堪令奉倩、安仁阁笔也。

琴牧子曰："姬殁。"辟疆哭之曰："吾不知姬死而吾死也！"予谓父母存，不许人以死，况裀席[3]间物乎？及读辟疆《哀词》，始知情至之人，固不妨此语也。夫饥色如

---

[1] 申酉：崇祯十六年（1643）。
[2] 崩坼（chè）：崩溃、崩毁，比喻社会大变乱。
[3] 裀（yīn）席：指裀褥，坐卧的垫具。

饥食焉：饥食者，获一饱，虽珍齐亦厌之。今辟疆九年而未厌[1]，何也？饥德非饥色也！栖山水者，十年而不出，其朝光夕景，有以日酣其志也！宛君其有日酣冒子者乎？虽然，历之风波疾厄盗贼之际而不变如宛君者，真奇女，可匹我辟疆奇男子矣。（张明弼[2]/述）

---

〔1〕厌：此处指满足之意。

〔2〕张明弼（1584—1652）：字公亮，江苏金坛人；崇祯十年（1637）进士，古文诗赋名重一时，与冒襄义结金兰，其人为复社重要成员。

文言　影梅庵忆语

爱生于昵[1]，昵则无所不饰。缘饰著爱，天下鲜有真可爱者矣。矧[2]内屋深屏，贮光阒彩[3]，止凭雕心镂质之文人，描摹想像。麻姑[4]幻谱，神女浪传。近好事家，复假篆声诗，侈谈奇合。遂使西施夷光[5]、文君[6]、洪度[7]，人人阁中有之。此亦闺秀之奇冤，而啖名[8]之恶习已。

亡妾董氏，原名白，字小宛，复字青莲。籍[9]秦淮，

---

〔1〕昵：亲近。

〔2〕矧（shěn）：况且。

〔3〕贮光阒彩：把光彩掩藏起来。

〔4〕麻姑：中国民间信仰中的女神。《神仙传》载，其修道于牟州（今属山东烟台）东南姑余山，年十八九，貌美。

〔5〕夷光：西施，一作施夷光。春秋末期生于越国句无苎萝村（今浙江省诸暨市苎萝村），后人称其为"西子"，历史上著名美女。

〔6〕文君：卓文君，西汉时期蜀郡临邛人，姿色娇美，精通音律，善弹琴，她与司马相如的一段爱情佳话至今传颂。

〔7〕洪度：薛涛（约768—832），字洪度，长安人，唐代乐伎、诗人，曾长期在成都生活。

〔8〕啖名：好名；贪求虚名。

〔9〕籍：指乐籍，即乐户的名籍。古时官伎属乐部，故称。

徙吴门[1],在风尘虽有艳名,非其本色。倾盖[2]誓从余,入吾门,智慧才识,种种始露。凡九年,上下内外大小,无忤无间[3]。其佐余著书肥遁[4],佐余妇精女红,亲操井臼[5]。以及蒙难遘疾[6],莫不履险如夷,茹苦若饴,合为一人。今忽死,余不知姬死而余死也。但见余妇茕茕粥粥[7],视左右手罔措也。上下内外大小之人咸悲酸痛楚,以为不可复得也。传其慧心隐行,闻者叹者,莫不谓文人义士,难与争俦[8]也。

余业[9]为哀辞[10]数千言哭之,格于声韵不尽悉,复约略纪其概。每冥痛沉思,姬之一生,与偕姬九年光景,

---

[1]吴门:苏州的别称。
[2]倾盖:车上的伞盖靠在一起,后指初次相逢或订交。
[3]无忤无间:忤,忤逆,抵触;间,间隔、隔阂。
[4]肥遁:退隐之意。
[5]井臼:汲水舂米,泛指操持家务。
[6]遘疾:遭遇疾病。遘,遇到、碰上。
[7]粥粥:柔弱无能貌。
[8]争俦:比肩之意。俦,匹也。
[9]业:已经。
[10]哀辞:指冒襄在董小宛去世后写的《亡妾董小宛哀辞》。

一齐涌心塞眼，虽有吞鸟梦花[1]之心手，莫克[2]追述。区区泪笔，枯涩黯削，不能自传其爱，何有于饰。矧姬之事余，始终本末，不缘狎昵[3]。余年已四十，须眉如戟，十五年前眉公[4]先生谓余视锦半臂碧纱笼[5]，一笑瞠若[6]，岂至今复效轻薄子漫谱情艳，以欺地下？倘信余之深者，因余以知姬之果异，赐之鸿文丽藻，余得藉手报姬，姬死无恨，余生无恨。

己卯初夏，应制白门[7]。晤密之[8]云："秦淮佳丽，

---

[1]吞鸟梦花：吞鸟，源自"罗含吞鸟"一说。《晋书·文苑传·罗含》："（罗含）尝昼卧，梦一鸟文彩异常，飞入口中，因惊起说之。朱氏（其叔母）曰：'鸟有文彩，汝后必有文章。'自此后藻思日新。"后以"吞鸟"形容才华出众。梦花，源自"梦笔生花"，指汉人马融梦中食花后，文思大进，比喻才思不凡，文词华美。

[2]克：能，可以。

[3]不缘狎昵：没有轻薄故作之姿。狎昵，指过于亲近而失庄重。

[4]眉公：即陈继儒，生平见前注。

[5]锦半臂碧纱笼：指穿着半臂薄纱的风情女子。碧纱笼，原指用薄纱罩住题写的匾额。

[6]瞠（chēng）若：这里是坦然而视的意思。瞠，直瞪着眼。

[7]白门：南京的别称。

[8]密之：方以智，见前注。

近有双成[1]，年甚绮，才色为一时之冠。"余访之，则以厌薄纷华，挈家去金闾矣。嗣下第，浪游吴门，屡访之半塘[2]，时逗留洞庭不返。名与姬颉颃[3]者，有沙九畹、杨漪照[4]。予日游两生间，独咫尺不见姬。将归棹，重往冀一见。姬母秀且贤，劳余曰："君数来矣，予女幸在舍，薄醉未醒。"然稍停，复他出，从兔径扶姬于曲栏，与余晤。面晕浅春，缬眼[5]流视，香姿玉色，神韵天然。懒慢不交一语。余惊爱之，惜其倦，遂别归。此良晤之始也。时姬年十六。

庚辰[6]夏，留滞影园。欲过访姬，客从吴门来，知姬

---

[1]双成：董双成，是古代神话传说中的西王母侍女，善吹笙，通音律，驾鹤飞仙。小宛姓董，即以双成作比。
[2]半塘：在苏州，附近有半塘河。
[3]颉颃：其原指鸟上下翻飞，此处引申为不相上下之意。出自《诗·邶风·燕燕》："燕燕于飞，颉之颃之。"
[4]沙九畹、杨漪照：两人均为当年秦淮河畔的名伎。
[5]缬（xié）眼：醉眼迷离。缬，有花纹的丝织品。
[6]庚辰：崇祯十三年（1640）。

去西子湖，兼往游黄山白岳[1]，遂不果行。

辛巳[2]早春，余省觐[3]去衡岳。由浙路往，过半塘讯姬，则仍滞黄山。许忠节[4]公赴粤任，与余联舟行。偶一日，赴饮归，谓余曰："此中有陈姬某[5]，擅梨园

---

〔1〕"知姬去西子湖，兼往游黄山白岳"句：这段话涉及一段史实，据考，董小宛游黄山、白岳是与明崇祯朝的礼部侍郎钱谦益一起，后来钱谦益写下了有名的《游黄山记》。冒襄在《和书云先生己巳夏寓桃叶渡口即事感怀原韵》一诗的跋中说："董姬十三离秦淮，居半塘六年，从牧斋先生（钱谦益）游黄山，留新安三年。"白岳，即现在的齐云山，位于安徽省休宁县，古称白岳，与黄山南北相望，曾有"黄山白岳甲江南"之誉。

〔2〕辛巳：崇祯十四年（1641）。

〔3〕省觐：探望父母或其他尊长。

〔4〕许忠节：许直，字若鲁，江苏如皋人，崇祯七年（1634）进士，官至太仆寺卿，为官清廉，"死之日，案间惟留图书数卷，无长物也"，"谥忠节，祀旌忠祠"。

〔5〕陈姬某：陈姬，指陈圆圆。陈圆圆（1623—1695），原姓邢，名沅，字圆圆，又字畹芬，幼从养母陈氏，故改姓陈，明末清初江苏武进（今常州）人。她曾居于苏州桃花坞，籍梨园，为吴中名优，"秦淮八艳"之一。崇祯末年她被田畹锁劫入京城，后被转送给吴三桂为妾。相传李自成攻破北京后，手下刘宗敏掳走陈圆圆，吴三桂遂引清军入关。冒襄在本文中讲述了他与陈圆圆的一段往事，但由于他在作此文时（1650），吴三桂势力正盛，故以"某"讳之。冒襄在《南岳省亲日记》中也写到了此事："半晌，旋同若翁登游船看畹芬演剧，冰绡雾縠（hú）中，听遏云之响，生平耳目罕遘，达曙方散。"

之胜,不可不见。"余佐忠节治舟数往返,始得之。其人淡而韵,盈盈冉冉[1],衣椒茧[2],时背顾湘裙,真如孤鸾[3]之在烟雾。是日演弋腔《红梅》[4],以燕俗之剧,咿呀啁哳之调,乃出之陈姬身口,如云出岫,如珠在盘,令人欲仙欲死。漏下四鼓,风雨忽作,必欲驾小舟去。余牵衣[5]订再晤,答云:"光福[6]梅花如冷云万顷,子能越旦[7]偕我游否?则有半月淹也。"余迫省觐,告以不敢迟留,故复云:"南岳归棹,当迟子于虎疁[8]丛桂

---

〔1〕盈盈冉冉:轻盈、柔曼,指仪态端庄美好。出自《陌上桑》句:"为人洁白皙,鬑鬑颇有须。盈盈公府步,冉冉府中趋。"
〔2〕衣椒茧:穿着熏香的华美丝绸。椒,一种熏染衣物的香料;茧,指茧丝,以蚕丝织品制成的衣服。
〔3〕鸾:古代中国神话传说中凤凰一类的鸟。
〔4〕弋腔《红梅》:弋腔,即弋阳腔,江西弋阳县地方传统戏剧;《红梅》,即《红梅记》,明代传奇作品,周朝俊著,描写裴禹卿与李慧娘、卢昭容的爱情婚姻故事,京剧《李慧娘》即改编于此。
〔5〕牵衣:指拉住人衣裳,形容殷勤留客。
〔6〕光福:光福山,也即邓尉山,在今江苏省苏州市吴中区西南,近太湖。《姑苏志》云:"邓尉山在光福里,俗名光福山。"
〔7〕越旦:到白天的时候。旦,天亮的时候;早晨。
〔8〕虎疁(liú):苏州城西北一地名。

间。盖计其期，八月返也。"余别去，恰以观涛日[1]奉母回。至西湖，因家君调已破之襄阳，心绪如焚。便讯陈姬，则已为窦霍豪家[2]掠去，闻之惨然。

及抵阊门[3]，水涩舟胶[4]，去浒关十五里，皆充斥不可行。偶晤一友，语次有"佳人难再得"之叹。友云："子误矣！前以势劫去者，赝某也。某之匿处，去此甚迩，与子偕往。"至果得见，又如芳兰之在幽谷也。相视而笑曰："子至矣，子非雨夜舟中订芳约者耶？曩[5]感子殷勤，以凌遽不获订再晤。今几入虎口得脱，重晤子，真天幸也。我居甚僻，复长斋，茗碗炉香，留子倾倒于明月桂影之下，且有所商。"余以老母在舟，缘江楚多梗，率

---

[1] 观涛日：江潮初涨之日，在每年八月中旬。
[2] 窦霍豪家：豪门贵族。窦、霍分别指汉文帝的窦皇后（汉武帝称她是太皇太后）和霍去病家族，他们是汉武帝时期最为显赫的豪门贵族。清二石生《帝城花样·小桐传》："一时窦霍豪家，五陵游侠，荐绅贵介，过夏郎君，莫不縻至。"
[3] 阊门：苏州古城的西门。
[4] 水涩舟胶：水路滞涩，舟船难行。
[5] 曩（nǎng）：以往，从前。

健儿百余护行，皆住河干，矍矍[1]欲返。甫黄昏而炮械震耳，击炮声如在余舟旁，亟星驰回，则中贵[2]争持河道，与我兵斗，解之始去。自此余不复登岸。越旦，则姬淡妆至，求谒吾母太恭人，见后仍坚订过其家。乃是晚，舟仍中梗，乘月一往相见，卒然[3]曰："余此身脱樊笼，欲择人事之，终身可托者，无出君右。适见太恭人，如覆春云，如饮甘露，真得所天，子毋辞。"余笑曰："天下无此易易事，且严亲[4]在兵火，我归，当弃妻子以殉。两过子，皆路梗中无聊闲步耳。子言突至，余甚讶。即果尔，亦塞耳坚谢，无徒误子。"复宛转云："君倘不终弃，誓待君堂上昼锦旋[5]。"余答云："若尔，当与子约。"惊喜申嘱，语絮絮不悉记。即席作八绝句付之。

---

[1]矍（jué）矍：惊惧、急切貌。
[2]中贵：有权势的太监。中，即禁中，指皇宫。
[3]卒然：形容很短暂的时间，突然、忽然之意。
[4]严亲：单指父亲。
[5]锦旋：指衣锦荣归。元柯丹丘《荆钗记·获报》："他既登金榜，怎不锦旋。""昼锦旋"也就是白天穿着锦衣归来，意为不是"锦衣夜行"。

归历秋冬，奔驰万状[1]，至壬午仲春，都门政府言路诸公[2]，恤劳臣之劳，怜独子之苦，驰量移[3]之耗[4]先报余。时正在毗陵[5]，闻音如石去心，因便过吴门，慰陈姬。盖残冬屡趣余，皆未及答。至则十日前复为窦霍门下客[6]以势逼去。先，吴门有昵之者，集千人哗劫[7]之。势家[8]复为大言挟诈，又不惜数千金为贿，地方恐贻伊戚，劫出复纳入。余至，怅惘无极，然以急严亲患难，负一女子无憾也。是晚壹郁[9]，因与友觅舟去虎疁夜游。

---

〔1〕奔驰万状：在奔波中经历了种种曲折。

〔2〕都门政府言路诸公：指京城中上朝谏言的官员。

〔3〕量移：原指唐宋时期的官吏因罪远谪，遇赦酌情调迁任职，明清后泛指官员迁职。

〔4〕耗：音信，消息。

〔5〕毗陵：江苏常州的古称。

〔6〕窦霍门下客：这里专指田弘遇（崇祯田贵妃之父）的女婿汪起先。据传汪起先从苏州将陈圆圆掠走送与田弘遇，田死后，陈圆圆被吴三桂以重金购得，成为吴的宠妾。李自成进京后，刘宗敏劫走陈圆圆，吴三桂一怒为红颜，彻底投向清军，改变了清兵入关的路线。这件事发生在冒襄救父这段时间，他与陈圆圆的故事可能也与明清易代的这段大历史有一定勾连。

〔7〕哗劫：聚众劫持。

〔8〕势家：有权势的人家。

〔9〕壹郁：沉郁不畅。

明日，遣人至襄阳，便解维[1]归里。

舟过一桥，见小楼立水边。偶询友人："此何处？何人之居？"友以双成馆对。余三年积念，不禁狂喜，即停舟相访。友阻云："彼前亦为势家所惊，危病十有八日，母死，镢户[2]不见客。"余强之上，叩门至再三，始启户，灯火阒如[3]。宛转登楼，则药饵满几榻。姬沉吟询何来，余告以昔年曲栏醉晤人。姬忆，泪下曰："曩君屡过余，虽仅一见，余母恒背称君奇秀，为余惜不共君盘桓。今三年矣，余母新死，见君忆母，言犹在耳。今从何处来？"便强起，揭帏帐审视余。且移镫[4]留坐榻上。谈有顷，余怜姬病，愿辞去。牵留之，曰："我十有八日，寝食俱废，沉沉若梦，惊魂不安。今一见君，便觉神怡气王[5]。"旋命其家具酒食，饮榻前。姬辄进酒，屡别屡留，不使去。余告之曰："明朝遣人去襄阳，告家君量移喜耗，若宿卿

---

[1] 解维：下船解缆。
[2] 镢（jué）户：关门闭户之意。镢，锁、闭。
[3] 阒如：寂静貌。
[4] 镫：同"灯"，指油灯。
[5] 王：通"旺"。

处,诘旦[1]不能报平安。俟发使行,宁少停半刻也。"姬曰:"子诚殊异,不敢留。"遂别。

越旦,楚使行,余亟欲还,友人及仆从咸云:"姬昨仅一倾盖,拳切[2]不可负。"仍往言别。至则姬已妆成,凭楼凝睇。见余舟傍岸,便疾趋登舟。余具述即欲行,姬曰:"我装已成,随路相送。"余却不得却,阻不忍阻。由浒关[3]至梁溪、毗陵、阳羡[4]、澄江[5],抵北固[6],越二十七日,凡二十七辞,姬惟坚以身从。登金山,誓江流曰:"妾此身如江水东下,断不复返吴门!"余变色拒绝,告以期迫科试,年来以大人滞危疆,家事委弃,老母定省[7]俱违,今始归,经理一切。且姬

---

[1] 诘旦:平明,清晨。
[2] 拳切:意为诚挚、恳切。拳,拳拳。
[3] 浒关:苏州市虎丘区一地名。
[4] 阳羡:江苏宜兴的古称。
[5] 澄江:江苏江阴的别称。长江流到此,江面变宽,江水澄澈,故有澄江之称。江阴也简称澄。
[6] 北固:山名,在今江苏镇江市东北,有南、中、北三峰,北峰三面临江,形势险要,故称"北固"。固,也作"顾"。
[7] 定省:早晚探望问候父母或亲长。

吴门责逋[1]甚众，金陵落籍[2]亦费商量。仍归吴门，俟季夏应试，相约同赴金陵。秋试毕，第与否，始暇及此，此时缠绵，两妨无益。姬仍踌躇不肯行。时五木[3]在几，一友戏云："卿果终如愿，当一掷得巧。"姬肃拜于船窗，祝毕，一掷得全六，时同舟称异。余谓果属天成，仓卒不臧[4]，反偾[5]乃事，不如暂去，徐图之。不得已，始掩面痛哭，失声而别。余虽怜姬，然得轻身归，如释重负。

才抵海陵[6]，旋就试。至六月抵家，荆人[7]对余云："姬令其父先已过江来云：'姬返吴门，茹素[8]不出，惟翘首听金陵偕行之约。'"闻言心异，以十金遗其父去曰："我已怜其意而许之，但令静俟毕场事后，无不可

---

[1]责逋：本义为索取拖欠的钱款或赋税，这里指讨债的人。
[2]落籍：消除乐籍。
[3]五木：古代博具，后世所用骰子相传即由五木演变而来。
[4]不臧：不好。
[5]反偾：反而会把事情搞糟之意。
[6]海陵：古县名，现为江苏省泰州市辖地。
[7]荆人：对自己妻子的谦称。
[8]茹素：不沾油荤、吃素。

耳。"余感荆人相成相许之雅，遂不践走使迎姬之约，竟赴金陵，俟场后报姬。桂月三五之辰[1]，余方出闱[2]，姬猝到桃叶[3]寓馆。盖望余耗不至，孤身挈[4]一妪，买舟自吴门江行。遇盗，舟匿芦苇中，舵损不可行，炊烟遂断三日。初八抵三山门[5]，又恐扰余首场文思，复迟二日始入。姬见余虽甚喜，细述别后百日茹素杜门与江行风波盗贼惊魂状，则声色俱凄，求归愈固。时魏塘[6]、云间、闽、豫诸同社，无不高姬之识，悯姬之诚，咸为赋诗作画以坚之。

场事既竣，余妄意必第，自谓此后当料理姬事，以报其志。讵十七日忽传家君舟抵江干，盖不赴宝庆之调，自

---

[1]三五之辰：指农历月之十五。《古诗十九首·孟冬寒气至》："三五明月满，四五蟾兔缺。"

[2]出闱：旧时指科举考试结束后考生离开试院。

[3]桃叶：即桃叶渡，位于今南京秦淮区，是秦淮河上的一个古渡。

[4]挈（qiè）：带；领。

[5]三山门：位于南京城西南，历史上为水陆两栖城门，是明南京内城十三城门之一。

[6]魏塘：古嘉善县，位于今浙江嘉兴市嘉善县境中部偏南。

楚休致[1]矣。时已二载违养[2]，冒兵火生还，喜出望外，遂不及为姬商去留，竟从龙潭尾家君舟抵銮江[3]。家君阅余文，谓余必第，复留之銮江候榜。姬从桃叶寓馆仍发舟追余，燕子矶[4]阻风，几复罹不测，重盘桓銮江舟中。七日，乃榜发，余中副车[5]，穷日夜立归里门，而姬痛哭相随，不肯返。且细悉姬吴门诸事，非一手足力所能了，责逋者见其远来，益多奢望，众口狺狺[6]；且严亲甫归，余复下第[7]意阻，万难即谐。舟抵郭外朴巢[8]，遂

---

[1] 休致：官员年老退休去职。

[2] 违养：此处指没有尽到赡养侍奉父母之责。

[3] 銮(luán)江：地名，今江苏仪征县。

[4] 燕子矶：燕子矶位于南京市栖霞区观音门外，长江三大名矶之首，有万里长江第一矶之称。

[5] 副车：乡试的副榜贡生，不能与举人同赴会试，但仍可应下届乡试。

[6] 狺(yín)狺：本义为狗狂吠不止的样子，此处指中伤之声。

[7] 下第：殿试或乡试没考中，这里指考试不如意。

[8] 朴巢：冒襄号巢民，又号朴巢，这里指冒襄的住所。崇祯七年，冒襄于如皋南郊"得古朴一章"（章，大木材），"盘铜拗铁，卧于河碕，结巢其上，自署巢民"。杜濬《朴巢记跋》："其根如怪石，枝如虹梁，叶如凉云，亭于其间。望之如蜃气结就，下临清流，为状万千，匪夷所思。"

冷面铁心与姬决别，仍令姬归吴门，以厌[1]责逋者之意，而后事可为也。

阳月[2]过润州[3]，谒房师[4]郑公。时闽中刘大行，自都门来，与陈大将军及同盟[5]刘刺史[6]饮舟中。适奴子[7]自姬处来，云姬归不脱去时衣，此时尚方空[8]在体，谓余不速往图之，彼甘冻死。刘大行指余曰："辟疆夙称风义[9]，固如是负一女子耶?"余云："黄衫、押衙[10]，

---

〔1〕厌（yā）：抑制、堵塞，此处有"稳住"之意。

〔2〕阳月：农历十月的别称。

〔3〕润州：即江苏镇江。

〔4〕房师：在明清两代的科举制度中，举人、贡士对荐举本人试卷的考官的尊称。

〔5〕同盟：泛指密友，亦指同伴。

〔6〕刺史：古代职官。宋以后废，但习惯上仍用作知州的别称。

〔7〕奴子：指僮仆、奴仆。

〔8〕方空：即"方空縠"，古代一种织物的名称。《后汉书》李贤注："方空者，织薄如空也。或曰：空，孔也，即今方目沙。"

〔9〕风义：风尚节义，又指情谊。

〔10〕黄衫、押衙：黄衫，唐传奇《霍小玉传》中有一位行侠仗义的黄衫豪士，但此处结合上下文，应是指代《柳氏传》中帮助君平的虞侯许俊；押衙，即"古押衙"，唐传奇《无双传》中的侠客，帮助王仙客和无双结合。

非君平、仙客[1]所能自为。"刺史举杯奋袂[2]曰:"若以千金恣我出入,即于今日往!"陈大将军立贷数百金,大行以参数斤佐之。讵谓刺史至吴门,不善调停,众哗决裂[3],逸去吴江。余复还里,不及讯。

姬孤身维谷,难以收拾。虞山宗伯[4]闻之,亲至半塘[5],纳姬舟中。上至荐绅[6],下及市井,纤悉大小,三日为之区画[7]立尽,索券盈尺。楼船张宴,与姬饯于虎

---

[1]君平、仙客:君平,唐代诗人韩翃的字,唐传奇《柳氏传》中讲他与柳氏相爱,但柳氏为番将沙吒利所掠走,经虞侯许俊的帮助,柳氏与韩翃重聚;仙客,即《无双传》中的王仙客,与刘震的女儿无双恋爱,后来无双因父罪没籍为宫女,仙客通过古押衙设法救出无双,两人终得团圆。

[2]奋袂:摔衣袖,形容激动。

[3]决裂:破裂之意。

[4]虞山宗伯:即钱谦益,宗伯是礼部尚书的别称,所以称他为虞山宗伯。

[5]亲至半塘:钱谦益此行是与爱姬柳如是同去。张明弼《冒姬董小宛传》:"(钱谦益)闻之,特至半塘,令柳姬与(董)姬为伴,亲为规划。"

[6]荐绅:即缙绅,原指古代高级官吏的装束,后指做官的人。荐通"搢"。缙绅亦作搢绅。

[7]区画:筹划,安排。

嚄，旋买舟送至吾皋[1]。至月之望[2]，薄暮侍家君饮于拙存堂[3]，忽传姬抵河干，接宗伯书，娓娓洒洒，始悉其状，且即驰书贵门生张祠部[4]立为落籍，吴门后有细琐，则周仪部[5]终之，而南中则李宗宪旧为礼垣[6]者与力焉。越十月，愿始毕，然往返葛藤，则万斛[7]心血所灌注而成也。

壬午清和晦日[8]，姬送余至北固山下，坚欲从渡江归里。余辞之，益哀切，不肯行。舟泊江边，时西先生[9]

---

[1]吾皋：指冒襄的家乡江苏如皋。

[2]至月之望：至月，冬至之月，即农历的十一月；望日，指月亮最圆的那一天，即农历每月之十五。

[3]拙存堂：冒襄父亲冒起宗的居处。

[4]祠部：官署名。东晋时期设祠部，晋后纳入礼部，为礼部司官的习称。

[5]仪部：官署名，明初礼部所属四部之一，事礼仪、宗室分封、贡举、学校之事。

[6]礼垣：这里指礼部。

[7]万斛（hú）：极言容量之多。古代以十斗为一斛，南宋末年改为五斗为一斛。苏轼《文说》："吾文如万斛泉源，不择地而出。"

[8]清和晦日：清和，天气清明和暖；晦日，指农历每月的最后一天。

[9]西先生：西洋人。

毕今梁寄余夏西洋布一端，薄如蝉纱，洁比雪艳。以退红[1]为里，为姬制轻衫，不减张丽华[2]桂宫霓裳也。偕登金山，时四五龙舟冲波激荡而上，山中游人数千，尾余两人，指为神仙。绕山而行，凡我两人所止，则龙舟争赴，回环数匝不去。呼询之，则驾舟者皆余去秋浙回官舫长年[3]也。劳以鹅酒[4]，竟日返舟，舟中宣瓷大白盂[5]盛樱珠数斤，共啖之，不辨其为樱为唇也。江山人物之盛，照映一时，至今谈者侈美[6]。

---

[1]退红：粉红色。陆游《老学庵续笔记》："唐有一种色，谓之退红……盖退红，若今之粉红。"

[2]张丽华（559—589）：南朝陈后主陈叔宝的妃子。《陈书》称其"特聪慧，有神彩，进止闲华，容色端丽"。

[3]长年：船工。清吴伟业《避乱》："长年篙起舞，扁舟疾如箭。"

[4]鹅酒：鹅和酒，旧时常用此两物作馈赠品。《豆棚闲话·范少伯水葬西施》："何苦先许身于范蠡，后又当做鹅酒送与吴王。"

[5]白盂：白色的盛液体的敞口器皿。

[6]侈美：（以为）奢华美艳。

秦淮中秋日,四方同社[1]诸友感姬为余不辞盗贼风波之险,间关[2]相从,因置酒桃叶水阁[3]。时在座为眉楼顾夫人[4]、寒秀斋李夫人[5],皆与姬为至戚,美其属余,咸来相庆。是日新演《燕子笺》[6],曲尽情艳,至霍、华离合处[7],姬泣下,顾、李亦泣下。一时才子佳人,楼台烟水,新声明月,俱足千古。至今思之,不异游仙枕上梦幻也。

---

[1]同社:指复社同人。复社,是明末时期影响巨大的文社,因主张"兴复古学,将使异日者务为有用"而得名。明代以八股文取士,读书士人为砥砺文章,求取功名,因而尊师交友,结社成风,尤以江浙一带为剧。同时,复社还有一些关于改革政治,追求民主自由思想的主张。

[2]间关:形容旅途的艰辛,崎岖、辗转。

[3]水阁:水边的楼阁。

[4]眉楼顾夫人:顾夫人即顾横波(1619—1664),原名顾媚,又名眉,号横波,应天府上元县(今在江苏南京)人。她与马湘兰、卞玉京、李香君、董小宛、寇白门、柳如是、陈圆圆同称"秦淮八艳",后嫁与龚鼎孳。

[5]寒秀斋李夫人:李夫人即李宛君,性格豪爽,有侠伎之称。

[6]《燕子笺》:传奇名,阮大铖著,描写唐代士人霍都梁与名伎华行云、尚书千金郦飞云的曲折婚恋故事。

[7]霍、华离合处:霍都梁与华行云的悲欢离合处。

銮江汪汝为园亭极盛,而江上小园,尤收拾江山胜概。壬午鞠月之朔[1],汝为曾延予及姬于江口梅花亭子上。长江白浪拥象,奔赴杯底,姬轰饮巨叵罗[2],觞政[3]明肃,一时在座诸伎皆颓唐溃逸。姬最温谨,是日豪情逸致,则余仅见。

乙酉[4],余奉母及家眷,流寓盐官[5]。春过半塘,则姬之旧寓,固宛然在也。姬有妹晓生,同沙九畹登舟过访,见姬为余如意珠[6],而荆人贤淑,相视复如水乳,群美之,群妒之。同上虎丘,与予指点旧游,重理前事,吴门知姬者咸称其俊识,得所归云。

---

[1]鞠月之朔:农历九月初一。鞠通"菊",指农历九月;朔,初一。

[2]巨叵罗:意为大酒杯。叵罗为西域语音译,当地的一种饮酒器,口敞底浅,亦泛指酒杯。

[3]觞政:酒令,民间饮酒时一种助兴取乐的游戏。

[4]乙酉:清顺治二年(1645)。

[5]盐官:地名,在浙江嘉兴市海宁县西南。

[6]如意珠:佛教用具,此处意为珍贵爱惜之人(物)。

鸳鸯湖[1]上，烟雨楼[2]高。逶迤而东，则竹亭园半在湖内，然环城四面，名园胜寺，夹浅渚[3]层溪而潋滟[4]者，皆湖也。游人一登烟雨楼，遂谓已尽其胜，不知浩瀚幽渺之致，正不在此。与姬曾为竟日游，又共追忆钱塘江下桐君严濑[5]、碧浪苍岩之胜，姬更云新安山水[6]之逸，在人枕灶间，尤足乐也。

虞山宗伯送姬抵吾皋时，余待家君饮于家园，仓卒不敢告严君。又侍饮至四鼓，不得散。荆人不待余归，先为洁治别室，帏帐、灯火、器具、饮食，无一不顷刻具。酒

---

[1] 鸳鸯湖：浙江嘉兴城南有南湖，与西南湖合称鸳鸯湖，两湖相连形似鸳鸯交颈，古时湖中常有鸳鸯栖息，由此得名。

[2] 烟雨楼：江南八大名楼之一，据《嘉兴府图记》记载，"鸳鸯湖在县南三里，湖东有烟雨楼。五代时，中吴节度使景陵王钱元璙筑台为登眺之所"。烟雨楼后经历代的屡毁屡修，已非原貌。

[3] 浅渚：浅浅地露出水面的小洲。渚，水中的小洲。

[4] 潋滟：形容水波相连、荡漾闪动的样子。

[5] 桐君严濑：桐君，指桐君山；严濑，即严陵濑，在浙江桐庐县南，相传为东汉严子陵隐居垂钓处。

[6] 新安山水：指歙州、徽州一带的山水。新安，歙州、徽州的别称。

阑〔1〕见姬，姬云："始至止不知何故不见君，但见婢妇簇我登岸，心窃怀疑，且深恫骇。抵斯室，见无所不备。傍询之，始感叹主母之贤，而益快经岁之誓〔2〕相从不误也。"自此，姬扃〔3〕别室，却管弦，洗铅华，精学女红，恒月余不启户，耽寂享恬。谓骤出万顷火云，得憩清凉界，回视五载风尘，如梦如狱。居数月，于女红无所不妍巧〔4〕，锦绣工鲜。刺巾裾如虮〔5〕无痕，日可六幅。剪彩织字，缕金〔6〕回文，各厌其技，针神针绝，前无古人已。

姬在别室四月，荆人携之归。入门，吾母太恭人〔7〕与荆人见而爱异之，加以殊眷。幼姑长姊尤珍重相亲，谓其德性举止迥非常人。而姬之侍左右，服劳承旨〔8〕，较婢妇

---

〔1〕酒阑：酒宴散后。
〔2〕经岁之誓：这里指董小宛一年多来矢志跟随冒襄。
〔3〕扃（jiōng）：上闩，关门，从里把门关上。这里指杜门不出。
〔4〕妍巧：精巧，美丽。
〔5〕虮（jǐ）：一种细小的虱子。
〔6〕缕金：以金丝为饰。
〔7〕太恭人：恭人，明清时四品官之妻的封号。因冒襄父亲官至四品，所以冒襄称其母亲为太恭人。
〔8〕服劳承旨：服劳，服事效劳；承旨，逢迎意旨。

有加无已。烹茗剥果，必手进；开眉解意，爬背喻痒。当大寒暑，折胶铄金[1]时，必拱立座隅。强之坐饮食，旋坐旋饮食，旋起执役，拱立如初。余每课两儿文，不称意，加夏楚[2]，姬必督之改削成章，庄书以进，至夜不懈。越九年，与荆人无一言枘凿[3]。至于视众御下，慈让不遑[4]，咸感其惠。余出入应酬之费，与荆人日用金错泉布[5]，皆出姬手。姬不私铢两[6]，不爱积蓄，不制一宝粟钗钿。死能弥留，元旦次日，必欲求见老母，始瞑目，而一身之外，金珠红紫尽却之，不以殉，洵[7]称异人。

---

〔1〕折胶铄金：严寒和酷暑时。折胶，胶在冷时易折，北周庾信《拟咏怀》有"壮冰初开地，盲风正折胶"句，形容严寒。铄金，高温下可熔金，形容酷暑。

〔2〕夏楚：指体罚学童的用具。夏（jiǎ），同"榎"；楚，荆条。

〔3〕枘凿（ruì záo）：此为"方枘圆凿"的略语；方榫头，圆榫眼，二者合不到一起，比喻两不相容。枘，榫头；凿，榫眼。

〔4〕慈让不遑：这里指努力做到仁慈谦让。慈让，仁慈谦让；不遑，不空闲。

〔5〕金错泉布：指钱财。金错，谓在器物上用黄金涂饰或镶嵌文字或花纹；泉布，古代泉与布并为货币。

〔6〕铢两：一铢一两，特指极少量的钱财、银两。

〔7〕洵：实在，确实。

余数年来欲裒集[1]四唐诗[2]，购全集，类逸事，集众评，列人与年为次第[3]。每集细加评选，广搜遗失，成一代大观。初、盛稍有次第，中、晚有名无集，有集不全，并名、集俱未见者甚夥[4]。《品汇》[5]六百家太略耳，即《纪事本末》[6]，千余家名姓事迹稍存，而诗不具。《全唐诗话》[7]更觉寥寥。芝隅先生序《十二唐人》，称豫章大家，藏中、晚未刻集七百余种。孟津[8]王师向余言，买灵宝[9]许氏《全唐诗》，数车满载，即

---

[1] 裒（póu）集：辑集。

[2] 四唐诗：指初唐、盛唐、中唐、晚唐时期的诗歌。

[3] 次第：排列的顺序，顺次。

[4] 夥（huǒ）：多。

[5] 《品汇》：即《唐诗品汇》。它是明代高棅编辑的唐代诗歌选集，共一百卷。其中正集九十卷，拾遗十卷。

[6] 《纪事本末》：即《唐诗纪事本末》，宋计有功编纂，八十一卷，收录自唐初至唐末三百年间一千一百五十位诗人的部分诗作，既是唐代诗歌总集，又是唐宋有关诗评的汇编。纪事本末，史书体裁之一。其以历史事件为纲，将重要史实分别列目，独立成篇，各篇又按年月顺序编写。

[7] 《全唐诗话》：宋代阙名撰，吴贤泽编纂。

[8] 孟津：县名，在河南洛阳北部，属洛阳市管辖。

[9] 灵宝：县名，在河南西部，明清时期属陕州，现属河南三门峡市。

曩流寓盐官胡孝辕[1]职方[2]批阅唐人诗，剞劂[3]工费，需数千金。僻地无书可借，近复裹足牖下[4]，不能出游购之。以此经营搜索，殊费心力。然每得一帙，必细加丹黄[5]。他书中有涉此集者，皆录首简，付姬收贮。至编年论人，准之《唐书》[6]。姬终日佐余稽查抄写，细心商订，永日终夜，相对忘言。阅时无所不解，而又出慧解以解之。尤好熟读《楚辞》、少陵[7]、义山[8]，王

---

〔1〕胡孝辕（1569—1645）：即胡震亨，明代大藏书家，原字君鬯，后改字孝辕；浙江海盐武原镇人；藏书万卷，一生著述宏富。

〔2〕职方：古官名，北周时期掌管天下图籍、山林川泽之名及四方职贡。这里是对大藏书家的称呼。

〔3〕剞劂（jī jué）：刻镂的刀具。此处指书籍雕版。

〔4〕牖（yǒu）下：窗下。

〔5〕丹黄：旧时点校书籍用朱笔书写，遇误字，涂以雌黄，故称点校文字的丹砂和雌黄为丹黄。此处意为标点、校对。

〔6〕《唐书》：共200卷，包括《本纪》20卷、《志》30卷、《列传》150卷，成书于后晋开运二年（945）。宋祁、欧阳修等所编著《新唐书》问世后，《唐书》被改称为《旧唐书》。

〔7〕少陵：杜甫（712—770），字子美，自号少陵野老。

〔8〕义山：李商隐（约813—约858），字义山，晚唐著名诗人。清吴乔评价他："于李、杜后，能别开生路自成一家者，唯李义山一人。"

建[1]、花蕊夫人[2]、王珪[3]《三家宫词》[4]，等身之书，周回座右，午夜衾枕间，犹拥数十家唐诗而卧。今秘阁尘封，余不忍启，将来此志，谁克与终？付之一叹而已。

犹忆前岁余读《东汉》，至陈仲举、范、郭[5]诸传，为之抚几。姬一一求解其始末，发不平之色，而妙出持平[6]之议，堪作一则史论。

---

[1] 王建（768—835）：唐代诗人，字仲初，颍川（今河南许昌）人，今存有《王建诗集》《王建诗》《王司马集》等。
[2] 花蕊夫人（约883—926）：五代十国时期后蜀主孟昶的费贵妃，赐号花蕊夫人，四川青城（今属成都都江堰）人，幼能文，尤长于宫词。
[3] 王珪（1019—1085）：字禹玉，北宋宰相、文学家，祖籍四川成都华阳。
[4]《三家宫词》：明毛晋辑，收录王建、花蕊夫人、王珪三家七言绝句各一百首。
[5] 陈仲举、范、郭：陈仲举即陈蕃（？—168），字仲举，今河南平舆北人，东汉时期名臣，刚正不阿，为政清廉，后被害；范、郭，分别指范冉（112—185）、郭亮（133—？），均为东汉时期反对宦官专权的义士。
[6] 持平：公平、公正。

乙酉客盐官，尝向诸友借书读之。凡有奇僻，命姬手抄。姬于事涉闺阁者，则另录一帙。归来与姬遍搜诸书，续成之，名曰《奁艳》。其书之瑰异精秘，凡古今女子自顶至踵，以及服食器具、亭台歌舞、针神才藻[1]，下及禽鱼鸟兽，即草木之无情者，稍涉有情，皆归香丽。今细字红笺，类分条析，俱在奁中。客春，顾夫人远向姬借阅此书，与龚奉常[2]极赞其妙，促绣梓[3]之。余即当忍痛为之校雠[4]鸠工[5]，以终姬志。

姬初入吾家，见董文敏[6]为余书《月赋》[7]，仿钟

---

[1]才藻：才思文采。

[2]龚奉常（1616—1673）：即龚鼎孳，字孝升，安徽合肥人。明末清初诗人、文学家，与吴伟业、钱谦益并称为"江左三大家"。龚鼎孳做过三朝大臣，于明崇祯七年（1634）中进士，官兵科给事中；李自成攻陷北京后降李；后投清，官至礼部尚书。

[3]绣梓：精美的刻版印刷，古代书版以梓木为上。此处意为印行。

[4]校雠（chóu）：校雠，一人独校为校，二人对校为雠。谓考订书籍，纠正讹误。

[5]鸠工：聚集工匠，这里指刊印。

[6]董文敏：即董其昌，见前注。

[7]《月赋》：是南朝宋文学家谢庄所创作的辞赋名篇。

繇[1]笔意者，酷爱临摹，嗣遍觅钟太傅诸帖学之。阅《戎辂表》[2]，称关帝君为贼将，遂废钟学《曹娥碑》[3]，日写数千字，不讹不落。余凡有选摘，立抄成帙，或史或诗，或遗事妙句，皆以姬为绀珠[4]。又尝代余书小楷扇存戚友[5]处，而荆人米盐琐细，以及内外出入，无不各登手记，毫发无遗。其细心专力，即吾辈好学人鲜及也。

姬于吴门曾学画未成，能作小丛寒树，笔墨楚楚，时于几砚上辄自图写，故于古今绘事，别有殊好。偶得长卷

---

[1]钟繇（151—230）：字元常，豫州颍川郡长社（今河南许昌长葛）人，曹魏时期曾任太傅等职，后文称之为"钟太傅"就源于此，著名书法家、政治家。
[2]《戎辂表》：即《贺捷表》，为东汉建安二十四年（219）钟繇六十八岁时写，被视为楷书之祖。《宣和书谱》中说："楷法今之正书也，钟繇《贺捷表》备尽法度，为正书之祖。"
[3]《曹娥碑》：是东汉年间人们为颂扬曹娥的美德，纪念她孝行而立的石碑。汉元嘉元年（151），该文由年仅20岁的邯郸淳一挥而就，以文采飞扬闻世。
[4]绀（gàn）珠：相传唐开元间宰相张说有绀色珠一颗，或有遗忘之事，持弄此珠，便觉心神开悟，事无巨细，焕然明晓，因名记事珠。绀，稍微带红的黑色。
[5]戚友：亲戚朋友。

小轴[1]与笥[2]中旧珍，时时展玩不置，流离时宁委奁具，而以书画捆载自随。末后尽裁装潢，独存纸绢，犹不得免焉，则书画之厄，而姬之嗜好，真且至矣。

姬能饮，自入吾门，见余量不胜蕉叶[3]，遂罢饮，每晚侍荆人数杯而已。而嗜茶与余同性，又同嗜岕片[4]。每岁半塘顾子兼择最精者缄[5]寄，具有片甲蝉翼之异。文火细烟，小鼎长泉，必手自吹涤。余每诵左思《娇女诗》"吹嘘对鼎䥶"[6]之句，姬为解颐[7]。至沸乳看蟹目鱼鳞[8]，传瓷选月魂云魄，尤为精绝。每花前月下，静试对

---

〔1〕长卷小轴：长卷，长轴一卷，中国画装裱体式之一；小轴，小型立轴书画。

〔2〕笥（sì）：盛物的方形竹器。

〔3〕蕉叶：形状像蕉叶一样的浅口酒杯。

〔4〕岕（jiè）片：茶名，似指岕茶。

〔5〕缄：封闭，常用在信封上寄信人姓名后。

〔6〕"吹嘘对鼎䥶"句：出自左思《娇女诗》，联句是"止为茶荈据，吹嘘对鼎䥶"，意思是担心煮茶老是不好，便不停用口去吹炉鼎。

〔7〕解颐：面现笑容。颐，颊或腮。

〔8〕"沸乳看蟹目鱼鳞"句：形容水沸之后看到的水珠跳动、细浪翻滚的情景。蟹目鱼鳞，出自唐诗人皮日休的《茶中杂咏·煮茶》中句"时看蟹目溅，乍见鱼鳞起"。

尝,碧沉香泛,真如木兰沾露,瑶草临波,备极卢陆[1]之致。东坡云:"分无玉碗捧蛾眉。"[2]余一生清福,九年占尽,九年折尽矣。

姬每与余静坐香阁,细品名香。宫香诸品淫[3],沉水香[4]俗。俗人以沉香著火上,烟扑油腻,顷刻而灭。无论香之性情未出,即著怀袖皆带焦腥。沉香有坚致而纹横者,谓之"横隔沉",即四种沉香内隔沉横纹者是也,其香特妙。又有沉水结而未成,如小笠大菌,名"蓬莱香",余多蓄之。每慢火隔砂,使不见烟,则阁中皆如风

---

[1]卢陆:卢仝和陆羽。卢仝(795—835),唐代诗人,著有《茶谱》,被称为"茶仙";陆羽(733—804),唐代茶学家,撰《茶经》三卷,其为世界上第一部茶叶专著,有"茶圣"之称。

[2]"分无玉碗捧蛾眉"句:出自苏轼的《试院煎茶》一诗,意为无缘美女奉茶。分无,无缘;蛾眉,美女。

[3]"宫香诸品淫"句:指宫里的香料味太艳靡。淫,这里指艳靡。

[4]沉水香:即沉香。

过伽楠[1]、露沃蔷薇[2]、热磨琥珀[3]、酒倾犀斝[4]之味，久蒸衾枕间，和以肌香，甜艳非常，梦魂俱适。外此则有真西洋香方，得之内府[5]，迥非肆料[6]。丙戌[7]客海陵，曾与姬手制百丸，诚闺中异品。然爇亦以不见烟为佳，非姬细心秀致，不能领略到此。

黄熟[8]出诸番，而真腊[9]为上。皮坚者为黄熟桶，

---

〔1〕伽（qié）楠：即伽楠香，沉香中最为珍贵的一种香。

〔2〕露沃蔷薇：露水浸润着蔷薇的花香。

〔3〕热磨琥珀：琥珀被热磨后发出的松香。琥珀是松柏科植物的树脂滴落，掩埋在地下千万年，在压力和热力的作用下石化形成，故在热磨之后会发出松脂味。

〔4〕犀斝（jiǎ）：意为犀牛角制的酒杯。斝，古代一种饮酒器，圆口，平底，三足。

〔5〕内府：皇宫的仓库。

〔6〕肆料：指商铺上卖的物品。肆，商铺。

〔7〕丙戌：清顺治三年（1646）。这一年冒襄家人逃难海陵暂居，经历了"惊涛恶浪之乡震，炎凉亲疏之世态"。

〔8〕黄熟：香名，也称黄熟香。明李时珍《本草纲目·木部·沉香》："木之心节置水则沉，故名沉水，亦曰水沉。半沉者为栈香，不沉者为黄熟香。"清陈贞慧《秋园杂佩·黄熟》："黄熟出粤中、真腊者为上，香味甚稳，佳者不减角沉，次亦胜沉速。"

〔9〕真腊：在今柬埔寨境内，是古代中国对中南半岛吉蔑王国的称呼。

气佳而通；黑者为夹栈黄熟。近南粤东茶园村，土人种黄熟，如江南之艺茶。树矮枝繁，其香在根。自吴门解人[1]剔根切白，而香之松朽尽削，油尖铁面尽出。余与姬客半塘时，知金平叔最精于此，重价数购之。块者净润，长曲者如枝如虬，皆就其根之有结处，随纹镂出，黄云紫绣，半杂鹧鸪斑，可拭可玩。寒夜小室，玉帏四垂，氍毹[2]重叠，烧二尺许绦[3]蜡二三枝，陈设参差，堂几错列，大小数宣炉[4]，宿火常热，色如液金粟玉，细拨活灰一寸，灰上隔砂选香蒸之，历半夜，一香凝然，不焦不竭，郁勃氤氲，纯是糖结。热香间有梅英半舒，荷、鹅梨、蜜脾[5]之气，静参鼻观。忆年来共恋此味此境，恒打晓钟尚未著

---

〔1〕解人：善解人意的人。这里指懂行的人。

〔2〕氍毹（tà dēng）：古代西域的一种高质量毛织毯。

〔3〕绦（tāo）：绦，本义是用丝编织的带子或绳子，这里是悬系之意。

〔4〕宣炉：即宣德炉，是由明宣宗朱瞻基在大明宣德三年参与设计监造的铜香炉，简称"宣炉"。它是中国历史上第一次运用风磨铜铸成的铜器。

〔5〕蜜脾：蜜蜂的酿蜜之房，其形如脾。

枕，与姬细想闺怨有斜倚薰篮[1]、拨尽寒炉之苦，我两人如在蕊珠众香深处。今人与香气俱散矣，安得返魂一粒，起于幽房扃室中也！

一种生黄香，亦从枯瘫朽痈[2]中取其脂凝脉结、嫩而未成者。余尝过三吴白下[3]，遍收筐箱中，盖面大块与粤客自携者，甚有大根株尘封如土，皆留意觅得，携归，与姬为晨夕清课。督婢子手自剥落，或斤许仅得数钱，盈掌者仅削一片，嵌空镂剔，纤悉[4]不遗。无论焚蒸，即嗅之，味如芳兰。盛之小盘层幢[5]中，色殊香别，可弄可餐。曩曾以一二示粤友黎美周，讶为何物，何从得如此精妙？即蔚宗传[6]中，恐未见耳。又，东莞以女儿香为绝

---

〔1〕薰篮：古代取暖用具。其为罐形或盆形，材质以铜、铁为主，有镂孔，类似烘笼。
〔2〕枯瘫朽痈（yōng）：原意是足疾与恶疮，这里指树的结疤。
〔3〕三吴白下：这里代指江南一代。三吴，苏州为东吴，润州为中吴，湖州为西吴，此为三吴。
〔4〕纤悉：细微详尽。此处意近"纤毫"。
〔5〕小盘层幢：由一层一层的小盘子组成的香盒。幢同"幛"。
〔6〕蔚宗传：范晔（398—445），字蔚宗，南朝文学家、史学家，著有《和香方》《杂香膏方》两本关于香学的专著；这里指范晔的香学著作。

品，盖土人拣香，皆用少女。女子先藏最佳大块，暗易油粉[1]，好事者复从油粉担中易出。余曾得数块于汪友处，姬最珍之。

余家及园亭，凡有隙地皆植梅。春来早夜出入，皆烂漫香雪中。姬于含蕊时，先相枝之横斜与几上军持[2]相受，或隔岁便芟剪[3]得宜，至花放恰采入供，即四时草花竹叶，无不经营绝慧[4]，领略殊清，使冷韵幽香，恒霏微[5]于曲房斗室，至秾艳肥红，则非其所赏也。

秋来犹耽[6]晚菊，即去秋病中，客贻我剪桃红[7]，花繁而厚，叶碧如染，浓条阿娜，枝枝具云罨[8]风斜之态。姬扶病三月，犹半梳洗，见之甚爱，遂留榻右，每晚高烧

---

〔1〕油粉：脂粉，指女性化妆品。
〔2〕军持：梵语，指瓶罐。
〔3〕芟（shān）剪：意为修剪，剪除。芟，割草。
〔4〕绝慧：绝顶聪慧。
〔5〕霏微：雾气弥漫的样子。
〔6〕耽：沉溺；极为喜好。
〔7〕剪桃红：菊花品名。
〔8〕云罨（yǎn）：这里指云覆盖的样子。罨，捕鸟或捕鱼的网。

翠蜡[1]，以白团回六曲[2]，围三面，设小座于花间，位置、菊影极其参横妙丽，始以身入。人在菊中，菊与人俱在影中，回视屏上，顾余曰："菊之意态尽矣，其如人瘦何？"至今思之，淡秀如画。

闺中蓄春兰九节[3]及建兰[4]，自春徂[5]秋，皆有三湘七泽[6]之韵，沐浴姬手，尤增芳香。《艺兰十二月歌》皆以碧笺[7]手录粘壁。去冬姬病，枯萎过半。楼下黄梅一株，每腊万花，可供三月插戴。去冬，姬移居香俪园

---

〔1〕翠蜡：芳香之烛。唐皮日休《秋夕文宴得遥字》中句："风吹翠蜡应难刻，月照清香太易消。"

〔2〕团回六曲：屏风，古代以六扇折叠形式为主，又称六曲屏风。唐李贺《屏风曲》中句："团回六曲抱膏兰，将鬟镜上掷金蝉。"

〔3〕春兰九节：也称九节兰、蕙兰，因一茎九花而得名。

〔4〕建兰：也称秋兰，生于疏林、灌丛或山谷中，性喜阴，具有较高的园艺和草药价值。

〔5〕徂：往，到。

〔6〕三湘七泽：湖南的湘乡、湘潭、湘阴，合称三湘；七泽，相传古时楚有七处沼泽，泛指湘楚之地。

〔7〕碧笺：古代的一种珍贵笺纸。

静摄[1]，数百枝不生一蕊，惟听五鬣[2]涛声，增其凄响而已。

姬最爱月，每以身随升沉为去住。夏纳凉小苑，与幼儿诵唐人咏月及流萤、纨扇诗，半榻小几，恒屡移以领月之四面。午夜归阁，仍推窗延月于枕簟[3]间，月去复卷幔倚窗而望，语余曰："吾书谢希逸[4]《月赋》，古人'厌晨欢，乐宵宴'[5]。盖夜之时逸，月之气静，碧海青天，霜缟冰净。较赤日红尘，迥隔仙凡。人生攘攘，至夜不休，或有月未出已齁睡[6]者，桂华露影，无福消受。与子长历四序，娟秀浣洁，领略幽香，仙路禅关，于此静得矣。"

---

[1]静摄：静养。
[2]五鬣（liè）：即五鬣松，松的一种，因一丛五叶如鬣而得名。鬣，兽类颈上的长毛。
[3]簟（diàn）：竹席。
[4]谢希逸：即谢庄（421—466），字希逸，南朝宋文学家，陈郡阳夏（今河南太康县）人，以《月赋》闻名。
[5]"厌晨欢，乐宵宴"：谢庄《月赋》中诗句，原句为"君王乃厌晨欢，乐宵宴"，意思是君王讨厌白昼娱乐，而喜欢夜晚的欢宴。
[6]齁（hōu）睡：形容鼻息声、打鼾声，酣睡之意。

李长吉[1]诗云:"月漉漉,波烟玉。"[2]姬每诵此三字,则反复回环,日月之精神气韵光景,尽于斯矣。人以身入"波烟玉"世界之下,眼如横波,气如湘烟,体如白玉,人如月矣,月复似人,是一是二,觉贾长江[3]"倚影为三"[4]之语尚赘,至"淫耽""无厌""化蟾"[5]之句,则得玩月三昧矣。

姬性淡泊,于肥甘[6]一无嗜好。每饭以岕茶[7]一小

---

[1]李长吉:即李贺(约790—817),字长吉,唐代诗人,唐高祖李渊的叔父李亮后裔,有"诗鬼"之称,著有《昌谷集》。

[2]"月漉漉,波烟玉":意指月光晶莹,水波如烟似玉的景象。出自李贺《月漉漉篇》:"月漉漉,波烟玉。莎青桂花繁,芙蓉别江木。"

[3]贾长江:即贾岛(779—843),唐代诗人,字阆仙,与孟郊共称"郊寒岛瘦",著有《长江集》。

[4]倚影为三:出自贾岛的《玩月》一诗,原句为"但爱杉倚月,我倚杉为三",所以此处应为"倚杉为三",系冒襄笔误。

[5]淫耽、无厌、化蟾:都是贾岛《玩月》诗中的词。

[6]肥甘:肥腻、甘甜的食物。

[7]岕茶:历史名茶。"岕"通"嶰",多用于地名,意为山间谷地。岕茶是明清时的贡茶。其初现于明初,失传于清雍正年间,曾在宜兴种植,由于制作工艺复杂,后失传。冒襄著有《岕茶汇抄》一书。

壶温淘，佐以水菜[1]、香豉数茎粒，便足一餐。余饮食最少，而嗜香甜，及海错[2]风薰之味，又不甚自食，每喜与宾客共赏之。姬知余意，竭其美洁，出佐盘盂，种种不可悉记，随手数则，可睹一斑也。

酿饴为露，和以盐梅[3]，凡有色香花蕊，皆于初放时采渍之，经年香味颜色不变，红鲜如摘，而花汁融液露中，入口喷鼻，奇香异艳，非复恒有。最娇者为秋海棠露，海棠无香，此独露凝香发。又俗名断肠草，以为不食，而味美独冠诸花。次则梅英、野蔷薇、玫瑰、丹桂、甘菊之属。至橙黄、橘红、佛手、香橼[4]，去白缕丝色味更胜。酒后出数十种，五色浮动白瓷中，解酲[5]消渴，金

---

[1]水菜：泛指新鲜蔬菜，也有地方特指豆瓣。
[2]海错：各种海洋生物，此处指海味。宋杨万里《毗陵郡斋追怀乡味》："江珍海错各自奇，冬裘何曾羡夏绨！"
[3]盐梅：古代调味品，有盐咸梅醋之说。《尚书·商书·说命下》："若作和羹，尔惟盐梅。"
[4]香橼（yuán）：又名枸橼或枸橼子，果皮淡黄色，味酸或略甜，有香气，中国东南地区较多栽种。
[5]解酲（chéng）：解酒，从酒醉状态中清醒过来。

茎仙掌[1]难与争衡也。

取五月桃汁、西瓜汁，一穰[2]一丝漉尽，以文火煎至七八分，始搅糖细炼，桃膏如大红琥珀，瓜膏可比金丝内糖。每酷暑，姬必手取其汁示洁，坐炉边静看火候成膏，不使焦枯，分浓淡为数种，此尤异色异味也。

制豉，取色取气先于取味。豆黄九晒九洗为度，颗瓣皆剥去衣膜。种种细料，瓜、杏、姜、桂，以及酿豉之汁，极精洁以和之。豉熟擎出，粒粒可数。而香气酣色[3]殊味，迥与常别。

红乳腐烘蒸各五六次，内肉既酥，然后削其肤益之以味。数日而成者，绝胜建宁[4]三年之蓄。他如冬春水盐诸

---

〔1〕金茎仙掌：原指汉武帝为接甘露而造的铜仙人捧盘。明黎民袖《甘露诗》："金茎仙掌何年事，天酒神浆特地奇。"这里指金茎仙掌所捧的甘露。

〔2〕穰（ráng）：同"瓤"。

〔3〕酣色：浓重的颜色。

〔4〕建宁：地处福建西北、武夷山麓中段，是历代皇家选贡之地。

菜，能使黄者如蜡[1]，碧者如苔[2]，蒲[3]、藕、笋、蕨[4]、鲜花、野菜、枸[5]、蒿[6]、蓉[7]、菊之类，无不采入食品，芳旨[8]盈席。

火肉久者无油，有松柏之味。风鱼久者如火肉，有麂鹿之味。醉蛤[9]如桃花，醉鲟骨如白玉，油蝐[10]如鲟

---

[1]蜡：这里指蜡色，古代的蜡呈琥珀色。

[2]苔（tái）：同"苔"。

[3]蒲：香蒲，俗称蒲草，多年生草本植物，生于水边或池沼，叶片供编织，根状茎可提取淀粉。

[4]蕨：多年生草本植物，生在山野草地里，嫩叶可食，民间称为蕨菜，根状茎可制淀粉，也可入药。

[5]枸（jǔ）：枸橼，常绿小乔木或大灌木，有短刺。其果实长圆形，黄色，有香气，果皮可入药或提制芳香油。枸橼的果实亦称香橼，前文中有提到。

[6]蒿（hāo）：蒿草是部分蒿属植物的统称，种类繁多，常为一二年生或多年生草本，少数为半灌木或小灌木，常有浓烈的挥发性香气。

[7]蓉：芙蓉，落叶灌木或小乔木，锦葵科植物。

[8]芳旨：香美之味。

[9]醉蛤（gé）：用黄酒烹制的蛤蜊。蛤，蛤蜊，软体动物，壳卵圆形，生活在浅海底，肉质鲜美。

[10]蝐：古书上记载的一种贝。

鱼，虾松如龙须[1]，烘兔酥稚如饼饵，可以笼而食之，菌脯[2]如鸡粽，腐汤如牛乳。细考之食谱，四方郇厨[3]中一种偶异，即加访求，而又以慧巧变化为之，莫不异妙。

甲申三月十九之变[4]，余邑清和望后[5]，始闻的耗[6]。邑之司命者[7]甚懦，豺虎狰狞踞城内，声言焚劫，郡中又有兴平兵[8]四溃之警。同里绅衿[9]大户，

---

[1]龙须：这里指头足纲类的动物，如章鱼等。

[2]菌脯（fǔ）：菌干、菌肉。

[3]郇（huán）厨：唐代韦陟，袭封郇国公，性奢侈，穷治馔馐，后以"郇厨"称厨艺高超的人家。

[4]甲申三月十九之变：指崇祯十七年（1644）三月十九日，李自成起兵攻占北京，崇祯皇帝在煤山（今景山）自缢而亡这个历史大事件。

[5]清和望后：指四月十五日后。清和，农历四月的别称。

[6]的耗：确实的消息，后多用于坏消息，为噩耗之意。

[7]邑之司命者：指地方官员。

[8]兴平兵：指兴平伯高杰的军队。高杰（？—1645），陕西米脂人，与李自成同邑，原为李自成部将，投降明政府后参加对农民军的追剿，升任总兵官，明朝灭亡后，在江南拥立福王朱由崧登基，被封为兴平伯。

[9]绅衿（jīn）：指地方士绅。

一时鸟兽骇散，咸去江南。余家集贤里，世恂让[1]，家君以不出门自固。阅数日，上下三十余家，仅我灶有炊烟耳。老母、荆人惧，暂避郭外，留姬侍余。姬扃内室，经纪衣物、书画、文券，各分精粗，散付诸仆婢，皆手书封识。群横日劫，杀人如草，而邻右人影落落如晨星，势难独立，只得觅小舟，奉两亲，挈家累，欲冲险从南江渡澄江北。一黑夜六十里，抵泛湖洲朱宅，江上已盗贼蜂起，先从间道[2]微服送家君从靖江[3]行。夜半，家君向余曰："途行需碎金，无从办。"余向姬索之，姬出一布囊，自分许至钱许，每十两可数百小块，皆小书轻重于其上，以便仓卒随手取用。家君见之，讶且叹，谓姬何暇精细及此！

维时[4]诸费较平日溢十倍尚不肯行，又迟一日，以

---

[1]恂（xún）让：小心谨慎，谦虚退让。明王士禛《先祖事略》有"居乡，恂恂退让，君子也"之句。
[2]间道：偏僻的或抄近的小路。
[3]靖江：位于江苏省长江下游北岸，襟江近海，东、西、南三面临江，南至东南与江阴、张家港隔江相望，东与冒襄的家乡如皋相邻。
[4]维时：当时。

百金雇十舟，百余金募二百人护舟。甫行数里，潮落舟胶[1]不得上。遥望江口，大盗数百人，踞六舟为犄角，守隘以俟，幸潮落，不能下逼我舟。朱宅遣有力人负浪踏水驰报，曰："后岸盗截归路，不可返，护舟二百人中，且多盗党。"时十舟哄动，仆从呼号垂涕。余笑指江上众人曰："余三世百口咸在舟，自先祖及余祖孙父子，六七十年来，居官居里，从无负心负人之事。若今日尽死盗手，葬鱼腹，是上无苍苍，下无茫茫矣！潮忽早落，彼此舟停不相值[2]，便是天相。尔辈无恐，即舟中敌国，不能为我害也。"先夜拾行李登舟时，思大江连海，老母幼子，从未履此奇险。万一阻石尤[3]，欲随路登岸，何从觅舆辆？三鼓时以二十金付沈姓人，求雇二舆[4]、一车、夫六人。沈

---

[1] 舟胶：潮落后舟船搁浅。
[2] 相值：相遇。值，遇到。
[3] 石尤：石尤风。传说古代有商人尤某娶石氏女，感情甚笃。尤远行不归，石思念成疾，临死叹曰："吾恨不能阻其行，以至于此。今凡有商旅远行，吾当作大风为天下妇人阻之。"后因此称逆风、顶头风为"石尤风"。
[4] 舆：轿子。

与众咸诧异，笑之，谓明早一帆，未午便登彼岸，何故黑夜多此难寻无益之费？倩榜人[1]募舆夫，观者绝倒[2]。余必欲此二者，登舟始行，至斯时虽神气自若，然进退维谷，无从飞脱，因询出江未远果有别口登岸通泛湖洲[3]者？舟子曰："横去半里有小路六七里，竟通彼。"余急命鼓楫[4]至岸，所募舆车三事[5]，恰受俯仰[6]七人。余行李婢妇，尽弃舟中。顷刻抵朱宅，众始叹余之夜半必欲水陆兼备之为奇中[7]也。

大盗知予中遁，又朱宅联络数百人，为余护发行李人口，盗虽散去，而未厌之志，恃江上法网不到[8]，且值

---

[1]倩榜人：倩，请；榜人，船夫、舟子。
[2]绝倒：前仰后合地大笑。
[3]泛湖洲：如皋旧时的一个小湖，今已不存。传说春秋战国时期，越国大夫范蠡灭吴后曾游于此，后人取名为范湖，湖中小洲就叫范湖洲。"泛"即是"范"之讹。
[4]鼓楫：划桨；划船。
[5]三事：即三副、三架。事，件、副。
[6]俯仰：应付。
[7]奇中：意想不到地说准、猜中。
[8]法网不到：这里指无人管理的混乱状态。

无法之时，明集数百人，遣人谕余以千金相致，否则竟围朱宅，四面举火。余复笑答曰："盗愚甚，尔不能截我于中流，乃欲从平陆数百家火攻之，安可得哉！"然泛湖洲人名虽相卫，亦多不轨。余倾囊召阖[1]庄人付之，令其夜设牲酒，齐心于庄外备不虞。数百人饮酒分金，咸去他所。余即于是夜一手扶老母，一手曳荆人，两儿又小，季[2]甫生旬日，同其母付一信仆偕行，从庄后竹园深箐[3]中蹒跚出，维时更无能手援姬。余回顾姬曰："汝速蹴步[4]则尾余后，迟不及矣！"姬一人颠连趋蹶[5]，仆行里许，始仍得昨所雇舆辆。星驰至五鼓，达城下，盗与朱宅之不轨者，未知余全家已去其地也。然身脱而行囊大半散矣，姬之珍爱尽失焉。姬返舍谓余，当大难时，首急老母，次急荆人、儿子、幼弟为是。彼即颠连不及，死

---

[1]阖（hé）：全；总共。
[2]季：古时兄弟排行，以伯、仲、叔、季作次序，季是最小的兄弟。
[3]箐（jīng）：小竹。
[4]蹴（cù）步：迈步追赶。
[5]颠连趋蹶（jué）：连续颠簸接近跌倒之意。蹶，跌倒。

深箐中无憾也。午节返吾庐，衽金革[1]与城内枭獍[2]为伍者十旬，至中秋，始渡江入南都[3]。别姬五阅月，残腊乃回，挈家随家君之督漕任[4]，去江南，嗣[5]寄居盐官[6]。因叹姬明大义、达权变[7]如此，读破万卷者有是哉？

乙酉流寓盐官，五月复值奔陷[8]，余骨肉不过八口，去夏江上之累，缘仆妇杂沓奔赴，动至百口，又以笨重行

---

[1]衽金革：形容时刻保持警惕，随时准备迎敌。唐代孔颖达的解释是："衽，卧席也；金革，谓军戎器械也……以甲铠为席，寝宿于中。"

[2]枭獍（jìng）：枭为恶鸟，生而食母；獍为恶兽，生而食父。此比喻忘恩负义之徒或狠毒之人。

[3]南都：李自成攻占北京后，马士英拥立福王在南京建立南明王朝，故称南京为南都。

[4]督漕任：指任管理漕运的官职。漕，漕粮，指通过河运和海运由东南地区漕运至京师的税粮。

[5]嗣（sì）：继续。

[6]"寄居盐官"句：据孟森《董小宛考》，冒襄此次到盐官是投奔好友陈梁，一是避乱，二是躲避阮大铖的迫害。

[7]达权变：通达灵变。权变，指灵活权衡应付变化。

[8]复值奔陷：指五月南都被攻破，清兵复下江浙。

李四塞舟车，故不能轻身去，且来窥瞯[1]。此番决计置生死于度外，扃户不他之。乃盐官城中，自相残杀，甚哄，两亲又不能安，复移郭外大白居。余独令姬率婢妇守寓，不发一人一物出城，以贻身累[2]。即侍两亲，挈妻子流离，亦以子身往。乃事不如意，家人行李纷沓违命而出。大兵迫檇李[3]，剃发之令初下，人心益皇皇。家君复先去惹山，内外莫知所措，余因与姬决："此番溃散，不似家园尚有左右之者，而孤身累重，与其临难舍子，不若先为之地。我有年友，信义多才，以子托之，此后如复相见，当结平生欢。否则听子自裁，毋以我为念。"姬曰："君言善。举室皆倚君为命，复命不自君出，君堂上膝下，有百倍重于我者，乃以我牵君之臆，非徒无益，而又害之。我随君友去，苟可自全，誓当匍匐[4]以待君回。脱有不

---

〔1〕窥瞯（jiàn）：窥探、揣摩。这里指盗贼不断前来窥视侵扰。

〔2〕以贻（yí）身累：以免带来麻烦之意。贻：遗留；累：负担，麻烦。

〔3〕檇（zuì）李：古地名。在今浙江省嘉兴西南。

〔4〕匍匐：意为趴伏。此处是言其恭顺谦卑之状。

测,前与君纵观大海,狂澜万顷,是吾葬身处也。"方命之行,而两亲以余独割姬为憾,复携之去。自此百日,皆展转深林、僻路、茅屋、渔艇。或月一徙,或日一徙,或一日数徙,饥寒风雨,苦不具述,卒于马鞍山遇大兵,杀掠奇惨,天幸得一小舟,八口飞渡,骨肉得全,而姬之惊悸瘁瘏[1],至矣,尽矣!

秦溪蒙难[2]之后,仅以俯仰[3]八口免,维时仆婢杀掠者几二十口,生平所蓄玩物及衣贝靡孑遗矣。乱稍定,匍匐入城,告急于诸友,即幞被[4]不办。夜假荫[5]于方

---

[1]瘁瘏(tú):因劳成疾。

[2]秦溪蒙难:指上一节中所描述的冒襄一家在逃亡过程中,在盐官马鞍山附近的秦溪遭遇的劫难。冒襄曾写有《秦溪蒙难》一诗:"乐郊自古称秦海,偏我栖迟遇大兵。俯仰以外皆残掠,囊橐之中肆倒倾。贽虎告人怀彼怒,想山何径暗通盟。人生到此无生理,回首高堂独动情。"

[3]俯仰:原意是指低头与抬头所见,这里指家中上下老小。《孟子·梁惠王上》:"是故明君制民之产,必使仰足以事父母,俯足以畜妻子。"

[4]幞(fú)被:通常作"被幞",即行李卷。此处指行装用具。

[5]假荫:借助于别人的荫护。此处指借宿。

坦庵[1]年伯。方亦窜迹初回，仅得一毡，与三兄共裹卧耳房。时当残秋，窗风四射。翌日，各乞斗米束薪于诸家，始暂迎二亲及家累返旧寓，余则感寒，痢疟沓作[2]矣。横白板扉为榻，去地尺许，积数破絮为卫，炉煨桑节，药缺攻补。且乱阻吴门，又传闻家难剧起[3]，自重九后溃乱沉迷，迄冬至前僵死。一夜复苏，始得间关破舟，从骨林肉莽[4]中冒险渡江。犹不敢竟归家园，暂栖海陵[5]。

阅冬春百五十日，病方稍痊。此百五十日，姬仅卷一破席，横陈榻边，寒则拥抱，热则披拂[6]，痛则抚摩。或枕其身，或卫其足，或欠伸起伏，为之左右翼，凡痛骨之所适，皆以身就之。鹿鹿[7]永夜，无形无声，皆存视听。

---

〔1〕方坦庵（1596—1667）：即方拱乾，字肃之，号坦庵。安徽桐城人，明崇祯元年（1628）进士，官至少詹。清顺治十四年因考场案被流放至宁古塔，后赦归。著有《绝域纪略》（又名《宁古塔志》）一书。

〔2〕沓作：不断发作。沓，多而重复。

〔3〕家难剧起：指乙酉年十二月如皋遗民暴乱，后被清军镇压。

〔4〕骨林肉莽：形容尸骨遍野。

〔5〕海陵：即现在的江苏泰州市海陵区。

〔6〕披拂：原指吹拂、飘动，这里指扇风降温。

〔7〕鹿鹿：同"碌碌"，意为忙碌。

汤药手口交进,下至粪秽,皆接以目鼻,细察色味,以为忧喜。日食粗粝一餐,与吁天稽首[1]外,惟跪立我前,温慰曲说,以求我之破颜。余病失常性,时发暴怒,诟谇三至[2],色不少忤[3],越五月如一日。每见姬星靥[4]如蜡,弱骨如柴,吾母太恭人及荆妻怜之感之,愿代假一息。姬曰:"竭我心力,以殉夫子。夫子生而余死犹生也。脱夫子不测,余留此身于兵燹[5]间,将安寄托?"

更忆病剧时,长夜不寐,莽风飘瓦。盐官城中,日杀数十百人,夜半鬼声啾啸,来我破窗前,如蛩[6]如箭。举室饥寒之人,皆辛苦鼽睡,余背贴姬心而坐,姬以手固握余手,倾耳静听凄激荒惨[7],歔欷流涕。姬谓余曰:"我

---

[1]稽(qǐ)首:古代跪拜礼,叩头至地。此处意为祈求神明保佑。
[2]诟谇(suì)三至:诟谇,辱骂;三至,原指再三出入,不断之意。这里指辱骂交加。
[3]色不少忤:意为没有一点不和顺的脸色。忤,忤逆、不顺从。
[4]星靥:靥,脸上的酒窝。这里指姣好的脸蛋。唐许敬宗《七夕赋咏成篇》中句:"情催巧笑开星靥,不惜呈露解云衣。"
[5]兵燹(xiǎn):因战乱而造成的焚毁、破坏。
[6]蛩(qióng):古指蟋蟀。
[7]凄激荒惨:形容上文的"鬼声啾啸"。凄激,凄厉激奋;荒惨,荒凉悲惨。

入君门整四岁,早夜[1]见君所为,慷慨多风义。豪发几微[2],不邻薄恶[3]。凡君受过之处,惟余知之亮之,敬君之心,实逾于爱君之身,鬼神赞叹畏避之身也,冥漠[4]有知,定加默右[5]。但人生身当此境,奇惨异险,动静备历,苟非金石,鲜不销亡!异日幸生还,当与君敝屣[6]万有,逍遥物外,慎毋忘此际此语。"噫吁嘻!余何以报姬于此生哉!姬断断非人世凡女子也。

丁亥[7]谗口铄金[8],太行千盘,横起人面,余胸坟五岳[9],长夏郁蟠[10],惟早夜焚二纸告关帝君。久抱

---

[1]早夜:早晚。

[2]几微:细微;细小。

[3]不邻薄恶:不沾染浅薄和邪恶。

[4]冥漠:阴间。宋陈亮《祭金伯清父文》:"谓冥漠之如在,想英灵之未遐。"

[5]默右:默默保佑。右同"佑"。

[6]敝屣:此处为轻视、抛弃之意。

[7]丁亥:即顺治四年(1647)。

[8]谗口铄金:谗言足以熔化金石,这里指冒襄被人诬陷,差点身陷囹圄的事。

[9]五岳:指东岳泰山、西岳华山、中岳嵩山、北岳恒山、南岳衡山。这里借指心中巨大的压力。

[10]郁蟠:十分压抑沉闷貌。蟠,盘踞。

奇疾，血下数斗，肠胃中积如石之块以千计。骤寒骤热，片时数千语，皆首尾无端，或数昼夜不知醒。医者妄投以补，病益笃，勺水不入口者，二十余日。此番莫不谓其必死，余心则炯炯然[1]，盖余之病不从境入也。姬当大火铄金时，不挥汗，不驱蚊，昼夜坐药炉旁，密伺余于枕边足畔。六十昼夜，凡我意之所及，与意之所未及，咸先后之。己丑[2]秋，疽发于背，复如是百日。余五年危疾者，三而所逢者皆死疾，惟余以不死待之，微姬力，恐未必能坚以不死也！今姬先我死，而永诀时惟虑以伊死增余病，又虑余病无伊以相待也，姬之生死为余缠绵如此，痛哉痛哉！

余每岁元旦，必以一岁事卜一签于关帝君前。壬午名心甚剧，祷看签首第一字，得"忆"字，盖"忆昔兰房[3]分半钗[4]，如今忽把音信乖。痴心指望成连理，到底谁

---

[1]炯炯然：明白的样子。
[2]己丑：指顺治六年（1649）。
[3]兰房：犹香闺，旧时妇女所居之室。
[4]分半钗：指男女定情。钗，旧时妇女别在发髻上的一种首饰，由两股簪子合成。

知事不谐"。余时占玩不解,即占全词亦非功名语。比[1]遇姬,清和晦日,金山别去,姬茹素归,虔卜于虎疁关帝君前,愿以终身事余,正得此签。秋过秦淮,述以相告,恐有不谐之欢[2]。余闻而讶之,谓与元旦签合。时友人在坐曰:"我当为尔二人,合卜于西华门。"则仍此签也。姬愈疑惧,且虑余见此签中懈,忧形于面。乃后卒满其愿,"兰房""半钗""痴心""连理",皆天然闺阁中语。"到底""不谐",则今日验矣。嗟乎!余有生之年,皆长相忆之年也。"忆"字之奇,呈验若此!

姬之衣饰,尽失于患难,归来淡足,不置一物。戊子[3]七夕,看天上流霞,忽欲以黄跳脱[4]摹之,命余书"乞巧"二字,无以属对。姬云:"曩于黄山巨室[5],见覆祥云真宣炉,款式佳绝,请以'覆祥'对'乞巧'。"镌

---

[1] 比:这里是等到的意思。
[2] 不谐之欢:不谐,不顺利,指曲折之情爱。
[3] 戊子:指清顺治五年(1648)。
[4] 跳脱:手镯。
[5] 巨室:世家豪族。

摹颇妙。越一岁,钏忽中断,复为之,恰七月也,余易书"比翼""连理"。姬临终时,自顶至踵,不用一金珠纨绮[1],独留跳脱不去手,以余勒书故。长生私语[2],乃太真死后,凭洪都客[3]述寄明皇者。当日何以率书[4],竟令《长恨》再谱也。

姬书法秀媚,学钟太傅[5]稍瘦,后又学《曹娥》[6]。余每有丹黄,必对泓颖[7],或静夜焚香,细细手录。闺

---

〔1〕纨绮:精美的丝织品。唐韦元甫《木兰》中句:"易却纨绮裳,洗却铅粉妆。"

〔2〕长生私语:出自白居易《长恨歌》:"七月七日长生殿,夜半无人私语时,在天愿作比翼鸟,在地愿为连理枝。"诗中,诗人假想唐明皇与杨贵妃在七夕长生殿的情话。冒襄在金钗上题写的"比翼""连理"即出于此。

〔3〕洪都客:招魂的术士。

〔4〕率书:轻率书写。

〔5〕钟太傅:即钟繇,见前注。

〔6〕《曹娥》:王羲之的小楷《孝女曹娥碑》。曹娥,会稽上虞人,是东汉有名的孝女。其父曹盱不幸掉入江中,曹娥昼夜沿江哭寻。后投江,五日后她的尸体抱父亲的尸体浮出水面。上虞县令葬曹娥于江南道旁,刻石立碑,以彰孝烈。东晋升平二年(358),王羲之到曹娥庙,以小楷书《孝女曹娥碑》。

〔7〕泓颖:陶泓和毛颖,代指砚台和毛笔。陶泓,特指陶瓷砚台。毛颖,毛笔的别称,因韩愈寓言《毛颖传》而得此称。

中诗史成帙，皆遗迹也。小有吟咏，多不自存。客岁新春二日，即为余抄选全唐五七言绝句，上下二卷。是日偶读七岁女子"所嗟人异雁，不作一行归"[1]之句，为之凄然下泪。至夜和成八绝，哀声怨响，不堪卒读。余挑镫一见，大为不怿[2]，即夺之焚去，遂失其稿。伤哉异哉！今岁恰以是日长逝也[3]！

客春三月[4]，欲重去盐官，访患难相恤诸友。至邗上[5]，为同社所淹。时余正四十，诸名流咸为赋诗。龚奉常独谱姬始末[6]，成数千言，《帝京篇》[7]《连昌宫》

---

[1] "所嗟人异雁，不作一行归"：出自唐代佚名女孩写的《送兄》一诗，意思是感叹人与大雁不同，不能一同而归，表达了一种深深的离愁。

[2] 不怿：不悦。

[3] "以是日长逝"句：董小宛于清顺治八年（1651）大年初二去世，年仅二十七岁。

[4] 客春三月：指顺治七年（1650）三月。

[5] 邗上：地名，在江苏扬州境内。

[6] "龚奉常独谱姬始末"句：这里指龚奉常为董小宛写的《金闺行为辟疆赋》，全诗五十韵。

[7] 《帝京篇》：为初唐诗人骆宾王（约619—约687）所作，主要描写长安的帝都风貌和气势，有"读宾王长篇，如入王都之市，璀璨夺目"的评价。

不足比拟。奉常云："子不自注，则余苦心不见。如'桃花瘦尽春醒面'七字，绾合[1]己卯醉晤、壬午病晤两番光景，谁则知者？"余时应之，未即下笔。他如园次[2]之"自昔文人称孝子，果然名士悦倾城"、于皇[3]之"大妇同行小妇尾"、孝威之"人在树间殊有意，妇来花下却能文"、心甫之"珊瑚架笔香印屎，著富名山金屋尊"、仙期之"锦瑟蛾眉随分老，芙蓉园上万花红"、仲谋之"君今四十能高举，羡尔鸿妻佐春杵"、吾邑徂徕先生"韬藏经济一巢朴，游戏莺花两阁和"、元旦之"蛾眉问难佐书帏"，皆为余庆得姬。讵谓我侑卮[4]之辞，乃姬誓墓之状耶？读余此杂述，当知诸公之诗之妙，而去春不注奉常诗，盖至迟之今日，当以血泪和隃糜[5]也。

---

[1]绾合：吻合。

[2]园次：即吴绮（1619—1694），字园次，号绮园，江苏扬州人；顺治十一年（1654）贡生，荐授弘文院中书舍人，升兵部主事、武选司员外郎，又任湖州知府；后失官，再未出仕；著有《林蕙堂集》26卷。

[3]于皇：即杜濬（1611—1687），字于皇，号茶村，湖北黄冈人，冒襄好友，著有《变雅堂文集》《变雅堂诗集》等。

[4]侑卮（zhī）：劝酒。侑，佐助；卮，酒器。

[5]隃糜（yú mí）：古县名。隃糜以产墨著称，引申指文墨。

三月之杪[1],余复移寓友沂[2]"友云轩"。久客卧雨,怀家正剧[3]。晚霁,龚奉常偕于皇、园次过慰留饮,听小奚[4]管弦度曲时,余归思更切,因限韵各作诗四首。不知何故,诗中咸有商音[5]。三鼓别去,余甫著枕,便梦还家。举室皆见,独不见姬。急询荆人,不答。复遍觅之,但见荆人背余下泪。余梦中大呼曰:"岂死耶?!"一恸而醒。姬每春必抱病,余深疑虑。旋归,则姬固无恙,因闲述此相告。姬曰:"甚异,前亦于是夜梦数人强余去,匿之幸脱,其人狺狺不休也。"讵知梦真而诗谶[6]来先告哉?

---

[1]杪(miǎo):树梢,指末尾、末端。

[2]友沂:即赵而忭,字友沂,湖南长沙人,明清名臣赵开心之子;入清后以荫授中书舍人,充明使馆纂修;著有《孝廉船》《虎鼠斋集》等。

[3]"久客卧雨,怀家正剧"句:指长期客居异乡又卧听雨声,思念之情更甚。

[4]小奚:小男仆、男僮。

[5]商音:指旋律以商调为主音的乐声,其声悲凉哀怨。

[6]诗谶:诗无意中预示了后来发生的事。谶,预言。

附：冒襄年谱

冒襄，字辟疆，号巢民，小名绳绳，江南扬州之如皋人。冒襄生在一个世代仕宦之家，如皋冒氏始祖冒致中，曾为两淮盐运司丞，元亡不仕；祖父冒梦龄一代，由选贡知会昌县，有政声；父亲冒起宗，登进士第，以吏部郎出历，官副使督上江漕储。

万历三十九年辛亥（1611） 一岁
三月十五日卯时，冒襄出生。冒襄有一姐，长他两岁。

万历四十年壬子（1612） 二岁
冒襄随祖父冒梦龄到会昌县（今江西省赣州市辖县）。冒梦龄"以万历丙申选贡授江西会昌令。县万山中，吏治久堕"。冬，冒襄之弟冒京出生。

万历四十一年癸丑（1613） 三岁
冒襄与同邑苏文韩之三女苏元芳订亲。苏元芳亦出官宦之家，曾祖父苏愚是嘉靖壬戌进士，当过江西布政使，其父苏文韩时为中书舍人。冒襄《巢民文集》："吾祖万历癸丑捧檄会昌，吾父与岳父订婚，两家男女甫三岁。"

万历四十三年乙卯（1615） 五岁
冒襄外祖父学博公亦来会昌，"时外祖学博公亦来会昌，襄五岁授大学。又善病，外祖钟爱特甚，无刻不置怀抱。学博公内外诸孙最多，终身注意者惟襄耳。"

万历四十五年丁巳（1617） 七岁
曾祖母沙太孺人去世。夏，冒襄之弟冒京殇，年仅六岁。

万历四十六年戊午（1618） 八岁
秋，冒襄父亲冒起宗登贤书。冒起宗"十七补博士弟子员，才名鹊起……每月试屡拔冠军，台使郡守观风季试辄第一，遂举戊午应天乡荐举主为来阁学

133

子"。冬，冒襄二弟冒偕出生。

万历四十七年乙未（1619） 九岁

冒起宗应试归来。冒襄祖母"患滞下，水米不沾者两月"，病逝。

万历四十八年庚申为泰昌元年（1620） 十岁

冒梦龄守丧期满补官，"赴补中道归"。

天启元年辛酉（1621） 十一岁

冒襄随祖父冒梦龄入蜀，到四川丰都（今重庆市丰都县）任职。中秋见到秋月，"江山与天无际，极不能忘"。后遭遇兵乱，冒梦龄抗守孤城，遣送家人从蜀归。三岁弟弟冒偕死于途中。

天启三年癸亥（1623） 十三岁

冒梦龄见"宅砌紫草忽开，红白并头"，感合欢之意，不久便从丰都致政而归。

天启四年甲子（1624） 十四岁

冒襄著《香俪园偶存》，"才情笔力已是名家上乘"，"以诗见赏于董其昌、陈继儒，其昌序而刻之"。

天启五年乙丑（1625） 十五岁

冒梦龄六十岁。

天启六年丙寅（1626） 十六岁

冒襄赴郡试。

天启七年丁卯（1627） 十七岁

应童子试，以第一补博士弟子员（即生员），并与超宗、龙侯等在扬州结社。

崇祯元年戊辰（1628） 十八岁

春，冒襄之父冒起宗登进士第，授行人司行人（掌传旨、册封等事的官职）。

崇祯二年己巳（1629）　十九岁

冒起宗出使江西，"新第即奉闵差"。冒襄与苏元芳新婚。其写有《香俪园头头茉莉倡和诗》，董其昌云："辟疆将婚，适有此瑞。"

崇祯三年庚午（1630）　二十岁

冒襄首次参加科试，以一等六名成绩秋天到南京应考，但遇不利，"头场入轵，竟以病阻"。

崇祯四年辛未（1631）　二十一岁

冒襄参加岁试，获一等十五名。

崇祯五年壬申（1632）　二十二岁

九月，冒襄"蒙甘院岁考一等一名补廪"，即补为公家给以膳食的廪膳生员。冒起宗补为南吏部考功司主事。

崇祯六年癸酉（1633）　二十三岁

冒起宗转任南吏部考功司郎中（正五品），出任山东兖西道佥事。五月，冒襄第二次参加科试，以一等六名成绩到南京应考。

崇祯七年甲戌（1634）　二十四岁

冒襄在如皋城南郊"得古朴一章"（章，大木材），"盘铜拗铁，卧于河磡，结集其上，自署巢民"。杜濬《朴巢记跋》："其根如怪山，枝如虹梁，叶如凉云，亭于其间。望之如蜃气结就，下临清流，为状万千，匪夷所思。"初夏，冒襄长子冒禿出生。

崇祯八年乙亥（1635）　二十五岁

冒襄请篆刻家顾绍勋把董其昌的序记、诗歌、题跋、手札及临摹作品刻成《寒碧楼帖》。秋，冒襄祖父冒梦龄卒于"宁扬境上"。冬，冒襄次子冒禾书出生。十二月，冒襄参加岁试获一等六名。是年，冒襄著有《泛雪小草》一卷。

崇祯九年丙子（1636）　二十六岁

冒襄第三次参加科试，以"一等二名"成绩秋天到南京参加乡试。董其昌为之寄以厚望，云"桂香近矣，今秋得辟疆冠冕，南国真足再造文运，觅佳缥作画，以待高捷"。其间，冒襄与金沙张公亮、吕霖生、盐官陈则梁、漳浦刘渔仲结盟于眉楼（秦淮八艳之一顾眉的住所）。八月十八日，冒襄与东林党人会于南京桃叶渡。他与陈贞慧、方密之、侯方域、顾子方来往密切，其间写有五子同盟诗。秋，冒襄的祖姑宗太宜人"陡患痰疾"，卒。

崇祯十一年戊寅（1638） 二十八岁

冒襄参加岁试获一等十二名。夏，他将祖父冒梦龄葬于东郭外万花园，"竭一年心血，费数千金物力"。冬，冒襄长子冒兖殇。

崇祯十二年己卯（1639） 二十九岁

春，冒襄三子冒丹书出生。冒起宗调任粤东高肇道，又调湖南任衡永兵备使，再调襄阳任左良玉部监军，封宝庆副使。四月，冒襄参加科试，获一等八名。七月，"蒙张院覆科取一等一名"，到南京参加乡试。

崇祯十三年庚辰（1640） 三十岁

冒襄与郑元勋（1598—1645，字超宗，扬州人，画家，崇祯十六年进士，官至清吏司主事）召集诸名士于影园赋黄牡丹诗，一时风流，传为美谈。冒襄参加岁试，获一等五名。岁大饥，冒襄"为粥于路，以食饥者"，"飞蝗蔽天，赤地千里，吾邑斗米千钱，僵尸载道。辟疆捐金破产，躬自倡赈，日待哺者四千余人"。

崇祯十四年辛巳（1641） 三十一岁

冒起宗到襄阳，"时襄阳经献（张献忠）残破之后，千里无人烟"。冒襄送母归乡，其间兼游南岳，写有省觐南岳诗和省觐南岳赠言。

崇祯十五年壬午（1642） 三十二岁

春，郑元勋、李舒章为主盟，冒襄参加在虎丘的同仁集会。因冒襄上书朝廷，冒起宗得以调宝庆，不就返乡。两月后襄阳复破。七月，冒襄以一等六名到南京参加乡试，八月十五出闱。九月出榜，仅中副车，急回乡，董小宛相随。《影梅庵忆语》："七日，乃榜发，余中副车，穷日夜立归里门，而姬痛哭相随，不肯返。"秋，漕督史可法以人才推荐冒襄，辞不就。冒襄娶董小宛为妾。

崇祯十六年癸未（1643）　三十三岁

冒襄以乙榜贡廷对首擢特用，授台州司李官（掌狱论之官），不赴。

崇祯十七年甲申十月朔为清顺治元年、弘光元年（1644）　三十四岁

冒起宗任山东按察司副使，督理七省漕储道。冒襄到南京。冒襄幼弟冒褒（字无誉）出生，系冒起宗之妾刘氏所生。

顺治二年乙酉（1645）　三十五岁

四月，江淮盗贼蜂起，冒襄一家避兵盐官，后又暂栖海陵（即江苏泰州）。期间，冒襄作有淮海咏别诗。

顺治三年丙戌（1646）　三十六岁

冒家逃难居海陵余家，余家女与一岁的冒褒结为"娃娃亲"。《影梅庵忆语》："乱阻吴门，又传闻家难剧起，自重九后溃乱沉迷，迄冬至前僵死。一夜复苏，始得间关破舟，与骨林肉莽中冒险渡江。犹不敢竟归家园，暂栖海陵。"冒氏家人回到如皋。经过"惊涛恶浪之乡震，炎凉亲疏之世态"，冒起宗"屏居不出"。

顺治四年丁亥（1647）　三十七岁

夏，冒襄病重。《影梅庵忆语》："阅冬春百五十日，病方稍痊。"

顺治五年戊子（1648）　三十八岁

冒襄刻成《朴巢诗文选》上下卷，"盖辑之丧乱之后，亡失之余随见随录"。

顺治六年己丑（1649）　三十九岁

秋，冒襄背上长疽，"五年危疾者，三而所逢者，皆死疾"。

顺治七年庚寅（1650）　四十岁

三月，冒襄去盐官访患难旧友，诸名士为他赋诗。是年，他写有云轩倡和诗、深翠山房倡和诗、四十寿诗赠言。冒起宗之妾再生子，冒襄之弟冒裔出生。冒襄儿子冒禾书补博士弟子员。

顺治八年辛卯（1651）　四十一岁

"辛卯献岁二日"（即1651年大年初二），董小宛去世，年仅二十七岁。

《影梅庵忆语》："死能弥留，元旦次日，必欲求见老母，始瞑目。"冒襄为之作《影梅庵悼亡题咏》。

顺治九年壬辰（1652）　四十二岁

岁大饥。冒襄尽力赈济难民，"日行道殣中，亦病。且殆邑令陈泣祷于神，死三日而苏"。

顺治十年癸巳（1653）　四十三岁

春，冒禾书娶妻，系邗上（今扬州）姚永言（冒起宗同年登科进士，冒襄称年伯）孙女。

顺治十一年甲午（1654）　四十四岁

秋，冒襄拓建水绘庵。戴本孝（1621—1691，安徽和县人，清代大画家）之弟戴移孝，到如皋水绘庵中的碧落庐拜祭先人，事因其父戴重（1601—1646）是冒襄好友，曾在碧落庐小住过一段时间。冒丹书补博士弟子员。冬，冒丹书娶苏姓妻。由于冒襄夫人亦姓苏，称为"亲上亲"。冒起宗去世，时年六十四岁。

顺治十二年乙未（1655）　四十五岁

无可知大师遣使其子到水绘庵吊唁冒起宗。

顺治十四年丁酉（1657）　四十七岁

秋，冒襄与同学、故人子弟等九十四人在南京聚会，"其年首倡斯集"。是年，冒襄著有小三吾世盟高会诗、秦淮倡和诗。

顺治十五年戊戌（1658）　四十八岁

十一月，陈贞慧之子陈维崧（1625—1682，字其年，号迦陵，宜兴人；明末清初词人、阳羡词派领袖）访冒襄，并在深翠山房读书。陈维崧有记："冒巢民先生传家故，饶亭馆之胜，有水绘、三吾、匿峰、深翠山房诸处皆具林峦，富烟水，四方宾至如归。自所称四公子，外若东林几社、复社诸贤达及前后馆阁台省，下逮方伎隐逸淄羽之伦，来未尝不留，留未尝辄去，去亦未尝不复来。"可见当时的如皋冒氏私家园林也成为江南文人贤达的聚集地。冬，冒襄长孙冒溥出生。是年，冒襄作有戊戌小三吾倡和诗。

顺治十六年己亥（1659） 四十九岁

春，冒襄之弟冒褒十六岁，娶宫伪镠女为妻。宫伪镠（1611—1680），字紫阳，又字紫元，号组玄，泰州人。其人为崇祯十六年进士，官翰林院检讨，入清后不仕。冒襄为陈维崧追荐（追悼、祭奠）其先父陈贞慧于定慧寺。冬，冒襄将先父葬于万花园祖坟。仲冬，冒襄母亲马恭人年满七十。

顺治十七年庚子（1660） 五十岁

冒襄满五十，陈维崧、吴伟业、高世泰、吴克孝等为其作寿诗。冒襄作有五十寿赠言。夏，陈瑚率其门人到如皋水绘园讲学。陈瑚（1613—1675），字言夏，崇祯十六年（1643）举人，明末清初学者，与同里陆世仪、江士韶、盛敬齐名，合称为"太仓四先生"。冒襄之弟冒褒补博士弟子员，是年十七。冒襄孙冒泓出生。

顺治十八年辛丑（1661） 五十一岁

夏，冒襄在邗江上观龙舟竞渡。黄周星寄《鸳鸯梦引》给冒襄。黄周星（1611—1680，本姓周，名星，字九烟，又字景明，湖南湘潭人），著有《夏为堂集》《制曲枝语》、传奇《人天乐》《证道西游记》、杂剧《惜花报》《试官述怀》等。秋，冒襄、董小宛侍儿吴扣扣（吴眉兰，字湘逸，小名扣扣，江苏真州人）去世，年仅十九。冒襄《湖海楼集·吴姬扣扣小传》："姬八岁从父受书习书法，英慧异常，儿举止娟好，肌理如朝霞，眉妩间作浅黛色，宛君见而怜之。私谓余曰：'是儿可念君，他日香奁中物也。'十三四即随余读书，授以诗词。"

康熙元年壬寅（1662） 五十二岁

冒襄孙冒浑出生。是年，著有水绘庵蘸集诗。

康熙二年癸卯（1663） 五十三岁

冒襄为方坦庵赋《宣炉歌》。

康熙三年甲辰（1664） 五十四岁

秋，夜与王士祯相会于南京抱琴堂，小集中有方坦庵、杜濬、方邵村、崔不雕。王士祯（1634—1711），字子真，号阮亭，别号渔洋山人，人称王渔洋，山东新城（今山东桓台县）人，官至刑部尚书，被称为清初诗坛领袖，一代诗宗。

康熙四年乙巳（1665）　五十五年

春，冒襄与王士祯、陈维崧以及客居如皋的八旬老人邵潜修禊（农历三月三日，到水边嬉游，以消除不祥，称为修禊）于水绘园。王士祯《香祖笔记》："余偶以公事至如皋，冒辟疆约余修禊水绘园别业……余得七言古体，坐湘中阁立成。"王士祯也记录有此次同孤苦文人邵潜（1581—1665）的交往："康熙乙巳，予过皋访之，茅屋三间。黝黑如漆。邵筋骨如铁，白发被领，双眸炯然。且果蔌留予饮，尚尽数觞。与修禊冒氏洗钵池，尚能与予辈赋诗。"邵潜于当年去世。冒襄娶蔡女萝为妾。蔡女萝，名含，号圆玉，苏州吴县人，"蔡女萝尝学绘事，工苍松墨凤，山水禽鱼花草夏文"。冬，冒襄移家北巷。是年，冒襄作有水绘园修禊诗、五日喜雨诗、九日菊约诗。

康熙五年丙午（1666）　五十六岁

冒襄是年著有红桥谯集诗。

康熙六年丁未（1667）　五十七岁

冒襄娶金晓珠为妾。金晓珠，名玥，苏州昆山人，能画。苏昆生到如皋拜会冒襄。苏昆生（1600—1679）原名周如松，河南固始人，晚明时流寓金陵（今南京），明末著名歌唱艺人，人称"南曲天下第一"。冬，冒禾书妻子姚氏去世。

康熙七年戊申（1668）　五十八岁

冒襄娶张氏为妾。张氏与金晓珠"两姬自幼抚养，待年共侍左右"。

康熙八年乙酉（1669）　五十九岁

冬，冒襄庶母刘孺人去世。

康熙九年庚戌（1670）　六十岁

秋，冒丹书妻子苏氏去世。冬，同人聚集水绘园，听白生弹琵琶。白生，名珏，字璧双，时被称为"琵琶第一手"。是年，冒襄作有庚戌岁寒倡和诗。

康熙十年辛亥（1671） 六十一岁

张氏为冒襄生下一个女儿，冒襄甚喜，"置怀加膝，抚弄含饴无昼夜"。

康熙十一年壬子（1672） 六十二岁

春，冒襄妻子苏元芳去世。冒襄《祭苏孺人》："吾妻入吾门四十四年，历富贵贫贱、兵火患难、疾病死生、仰事俯育、嫁娶丧葬、呼吸旋转，一眼一事一步，何一不恃有吾妻也。"是年，冒襄作有染香阁唱和诗、壬子岁寒倡和诗。

康熙十二年癸丑（1673） 六十三岁

朝廷诏征山林隐逸，推荐冒襄，辞不就。冒襄刻同人集。吴修《昭代名人尺牍小传》："冒襄家有水绘园，四方名士毕集，风流文采映照一时。曾集同人投赠诗文，为同人集十二卷。"

康熙十四年乙卯（1675） 六十五岁

冬，葬苏孺人于万花园祖坟，"傍之新阡，偕二亡媳姚氏、苏氏"，"有雷起于万花园之墓木"。

康熙十五年丙辰（1676） 六十六岁

春，冒襄长孙冒溥补博士弟子员。夏，冒襄之母马恭人去世，时年八十七，冬葬于万花园祖坟。

康熙十六年丁巳（1677） 六十七岁

冬，冒襄移居苏州。郑子兼"割宅留住"。郑子兼（1640—1689），名梒，苏州人，清代医家。

康熙十七年戊午（1678） 六十八岁

夏，冒襄回到如皋。

康熙十八年己未（1679） 六十九岁

征应博学鸿词科（为弥补科举考试中八股之弊，康熙开设博学鸿词，由地方官和士绅推举当地公认有学识和名望之士，直接参加这一考试），冒襄辞不赴。冬，染香阁被烧，损失惨重，"己未阳月之望，夜半大雷雨，染香阁一火赤身而出","六十年海内外师友之贻,并十世文献,无一字不化灰烬"。

康熙十九年庚申(1680) 七十岁

秋,盗贼入户,冒襄被刺,但幸免于难。《广陵诗事》:"水绘园曾有盗,夜入室,操刃刺婢仆数人。女萝(冒襄之妾蔡女萝)急灭灯,以身左右,辟疆得脱。"不久,冒襄去扬州暂住。

康熙二十年辛酉(1681) 七十一岁

夏,冒襄从扬州归。

康熙二十一年壬戌(1682) 七十二岁

陈维崧去世,冒襄祀于定慧寺。有哭陈太史倡和诗。冬,冒襄过江苏泰州,有海陵寓馆倡和诗。

康熙二十二年癸亥(1683) 七十三岁

秋,省郡聘修通志,冒襄以老病辞,由其子冒丹书代行纂修《江南通志》。冒襄赎回祖业逸园。逸园为如皋冒氏祀先人地,由冒襄承接三十年,后让"邑之黠者,以计愚幼弟夺而有之",最后是被"剥肤及髓"地赎回逸园,复归于冒氏。

康熙二十三年甲子(1684) 七十四岁

冒襄移家东云路,筑屋名"还朴"。冒襄《还朴斋倡和诗序》:"崇祯甲戌春,余年二十四,于南郭得古朴一章,结巢其上,自署巢民。申酉毁于兵燹,迄今五十年矣。余移家废业,又十九年。近于祖宅后售叔氏隙地,参天拔地,有朴乃吾高会时物,即以还朴名斋。"张坦授诗注:"斋在东云路形状,甲子依祖宅傍筑室数间,命名还朴。"

康熙二十四年乙丑(1685) 七十五岁

冬,冒襄得定武《兰亭帖》。"此本是从定武原石拓出无疑,历传精好。宋贤而下,品题殆遍,迨明季为通政使侯峒曾所藏。时遭革故,公在籍集众守城,乙酉秋大兵克嘉定。公父子三人俱殉国难,是帖为公土人拾得,予极力搜访三四十年,至今岁冬得之。窃思是帖经公秘惜,今宛然如故,真有神灵呵护也。乙丑小雪前二日冒襄。"

康熙二十五年丙寅（1686） 七十六岁

春，冒襄为吴应箕作《楼山纪事本末》。秋，冒襄之妾蔡女萝去世，是年四十。冒襄作有蔡少君挽诗。

康熙二十六年丁卯（1687） 七十七岁

秋，受孙司空之召去昭阳（今江苏兴化）河台，此后冒襄"不复出"。

康熙二十七年戊辰（1688） 七十八岁

秋"忽得危疾"，几殆。冒襄"命老仆种菊数百"。冬，"割股进药，使七十八老人再生"。

康熙二十八年己巳（1689） 七十九岁

夏，冒起宗百岁生忌，冒襄设祭。

康熙二十九年庚午（1690） 八十岁

三月十五日，"内外诸孙数十人敬酒上寿"，祝贺冒襄八十大寿。三月廿六日，冒襄曾孙冒八春出生。九月廿二日，冒襄曾孙冒八秋出生。八春、八秋之名均为冒襄所取。冬，冒襄病目失明。

康熙三十年辛未（1691） 八十一岁

冒襄之孙冒浑"以从征台湾功加左都督官四川建昌游击"。冒襄外孙女婿许抡寄《纪梦诗》。许抡在《纪梦诗序》中说他梦见了写《李思训碑》和《麓山寺碑》的唐代书家李邕，他问询冒襄的近况："舟中阅《长沙郡志》，知城西隅即岳麓山，山有道，乡台北海李公碑记在上，私心窃向往焉。是夜即梦晤公于碑左，公问巢民冒某无恙耶？其水绘朴巢兴废如何？"此事预示了冒襄临终之兆。

康熙三十一年壬申（1692） 八十二岁

初春，冒襄作还仙诗。《冒襄行状》中记录了他此间对后人的一段话："我将辞世矣，无一挂碍。此中冰雪万有皆空，二子及孙虽金尽产空，不能治生，仍当敬天畏人为要，仁厚自处，恩泽暗施而莫言，横逆重加而报德，法我老人也。"

康熙三十二年癸酉（1693） 八十三岁

冬，冒襄去世。这一年，冒襄"春夏脾病全愈，目重明，泼墨作书，无不如意。初秋，傲耆英香山诸会，里中亲友皆年八九十者为会……十月望后，与王景州选订宁州公（冒梦龄）、宪副公（冒起宗）遗诗，谈论一日，至晚寒热交作，病遂增笃，（卧床三十六日后）于十二月五日长逝"。十二月十三日，葬冒襄于城东万花园祖墓之左。旨冒襄准其入祀如皋乡贤祠。冒襄私谥潜孝先生。

（龚静染整理）